Lynne Graham

A las órdenes del griego

HARLEQUIN™

Editado por Harlequin Ibérica.
Una división de HarperCollins Ibérica, S.A.
Núñez de Balboa, 56
28001 Madrid

© 2015 Lynne Graham
© 2015 Harlequin Ibérica, una división de HarperCollins Ibérica, S.A.
A las órdenes del griego, n.º 2429 - 2.12.15
Título original: The Greek Commands His Mistress
Publicada originalmente por Mills & Boon®, Ltd., Londres.

I.S.B.N.: 978-84-687-6749-9
Depósito legal: M-31647-2015
Impresión en CPI (Barcelona)
Fecha impresion para Argentina: 30.5.16
Distribuidor exclusivo para España: LOGISTA
Distribuidor para México: CODIPLYRSA
Distribuidores para Argentina: Interior, DGP, S.A. Alvarado 2118.
Cap. Fed./Buenos Aires y Gran Buenos Aires, VACCARO HNOS.

Capítulo 1

SE HA terminado, Reba –anunció Bastien Zikos con tono categórico.

La guapísima rubia con la que hablaba lanzó sobre él una mirada de reproche.

–Pero nos llevamos muy bien.

–Yo nunca he dado a entender que esto fuese algo más que... sexo –replicó él, impaciente–. Y se ha terminado.

Reba parpadeó rápidamente, como si estuviera intentando controlar las lágrimas, pero Bastien no iba a dejarse engañar. Lo único que podría hacer llorar a Reba sería un cheque por una cantidad pequeña. Era dura como una piedra... y él no era más blando. Cuando se trataba de las mujeres no tenía compasión. Su madre, una buscavidas de primera categoría, con lágrimas y emociones ensayadas, le había enseñado a desconfiar y despreciar a su género.

–Te has aburrido de mí, ¿verdad? –dijo ella con tono de reproche–. Me advirtieron que te cansabas pronto y debería haber hecho caso.

Bastien, alto y atlético, hizo un gesto de impaciencia. Reba había sido un entretenimiento fantástico en el dormitorio, pero todo había terminado.

Además, le había regalado una pequeña fortuna en joyas. Él no tomaba nada gratis de las mujeres, ni sexo ni ninguna otra cosa.

Bastien dio media vuelta.

—Mi contable se pondrá en contacto contigo —comentó, burlón.

—Hay otra mujer, ¿verdad? —insistió la rubia.

—Si la hay, no es asunto tuyo —replicó él, sus oscuros ojos helados, las atractivas facciones duras como el acero, antes de darle la espalda.

Su conductor estaba esperando fuera del edificio para llevarlo al aeropuerto y una sombra de sonrisa suavizó la dura línea de su boca mientras subía a su jet privado. ¿Otra mujer? Tal vez sí, tal vez no.

Su director financiero, Richard James, ya estaba sentado en la opulenta cabina.

—¿Puedo preguntar qué secreto encanto hay en este pueblo al que vamos y sobre la incluso más aburrida empresa fallida que has adquirido recientemente?

—Puedes preguntar, pero no prometo responder —replicó Bastien, estudiando perezosamente las últimas cifras de la Bolsa en su portátil.

—¿Entonces hay algo especial en Repuestos Moore que yo desconozco? —preguntó el fornido hombre rubio—. ¿Una patente, un nuevo invento?

Bastien lo miró con gesto burlón.

—La fábrica está situada sobre una parcela que vale millones. Además, tengo mis razones.

—Hacía años que no comprabas una empresa en ruinas —comentó Richard, sorprendido, mientras los ayudantes personales de Bastien y su equipo de seguridad se sentaban en la parte trasera de la cabina.

Bastien había empezado comprando y vendiendo negocios para conseguir el mayor beneficio posible. No tenía conciencia sobre esas cosas. Los beneficios y las pérdidas eran lo único importante en el mundo de los negocios.

Tenía un gran talento para detectar las tendencias del mercado y ganar millones. Poseía un cerebro privilegiado y la disposición fiera y agresiva de un hombre a quien nadie se lo había puesto todo en bandeja de plata. Era un multimillonario hecho a sí mismo que había empezado desde abajo y se enorgullecía de su independencia.

Pero en ese momento no estaba pensando en los negocios. No, desde luego. Estaba pensando en Delilah Moore, la única mujer que lo había rechazado, dejándolo atormentado por el deseo y furioso por tan frustrante experiencia. Su ego habría resistido el rechazo si de verdad no estuviera interesada en él, pero Bastien sabía que no era así. Había visto el anhelo en sus ojos, la tensión en su cuerpo cuando estaba cerca, había reconocido una nota ronca en el tono de su voz.

Y no iba a perdonarla por juzgarlo de forma tan temeraria. Le había echado en cara su reputación de mujeriego con el desdén de una dama de alta alcurnia rechazando los avances de un matón callejero. Eso lo había encolerizado y dos años después seguía furioso con ella por su falta de respeto.

Y, de repente, el destino había decidido dar un revés a Delilah Moore y su familia. Bastien saboreaba este hecho con satisfacción. En aquella ocasión no se mostraría tan desafiante...

–¿Cómo está? –preguntó Lilah en voz baja al ver a su padre, Robert, en el patio de su casa.

–Más o menos igual –Vickie, su madrastra, una bajita pero voluptuosa rubia de poco más de treinta años, suspiró sobre el fregadero, donde estaba lavando los platos con un niño agarrado a su pierna–. Está deprimido. Ha trabajado toda su vida para levantar la empresa y ahora se siente como un fracasado. Y estar sin trabajo no lo ayuda nada.

–Con un poco de suerte, pronto encontrará algo –Lilah intentó animarla mientras tomaba en brazos a su hermanastra de dos años, Clara.

Cuando la vida te ponía obstáculos lo mejor era buscar cualquier razón para estar alegre. Su padre había perdido su negocio y su casa, pero su familia estaba intacta y todos contaban con buena salud.

En realidad, se maravillaba de haberse encariñado tanto con su madrastra, a quien una vez había detestado. Pensaba que Vickie era una de las «chicas alegres» que tanto gustaban a su padre, pero poco a poco empezó a darse cuenta de que a pesar de los veinte años de diferencia la pareja estaba genuinamente enamorada.

Su padre y Vickie se habían casado cuatro años antes y Lilah tenía dos hermanastros a los que adoraba, Ben, de tres años, y Clara, la pequeña. En aquel momento estaban compartiendo su pequeña casa de alquiler. Con solo dos dormitorios, un salón abarrotado de cosas y una cocina diminuta, era difícil moverse, pero hasta que su padre encontrase trabajo no tenían otra opción.

La impresionante casa de cinco dormitorios en la que Lilah había crecido se había ido junto con la empresa. Su padre había tenido que venderlo todo para pagar los préstamos que pidió al banco en un desesperado intento de mantener a flote Repuestos Moore.

–Sigo esperando que Bastien Zikos le eche una mano a tu padre –le confesó Vickie en un repentino ataque de optimismo–. Nadie conoce el negocio mejor que Robert y tiene que haber un sitio para él en la oficina o en la fábrica.

Lilah tuvo que morderse la lengua para no decir que Bastien seguramente le echaría una mano... al cuello. Después de todo, el multimillonario griego se había ofrecido a comprar la empresa dos años antes y la oferta había sido rechazada. Su padre debería haber vendido entonces, pensó con tristeza.

No era ningún consuelo para Lilah que el propio Bastien hubiese predicho el desastre al saber que la empresa dependía de retener un cliente importante. Unas semanas después de perder ese cliente, Repuestos Moore empezó a hundirse.

–Será mejor que me vaya a trabajar –Lilah se inclinó para acariciar las orejas del *dachshund* miniatura, que rozaba su pierna en busca de atención.

Desde que su familia tuvo que mudarse allí, nadie prestaba demasiada atención al pobre Skippy. ¿Cuándo fue la última vez que lo sacó para dar un largo paseo?

Inquieta y angustiada por la referencia de su madrastra a Bastien Zikos como posible salvador, Lilah se puso una gabardina y anudó el cinturón en su estrecha cintura.

Era una mujer pequeña y delgada, de largo pelo negro y brillantes ojos azules. También era una de las pocas empleadas que aún tenía un puesto en la empresa Moore. Casi todo el personal había sido despedido y solo el equipo de Recurso Humanos seguía allí para lidiar con el cierre de la empresa. Solo le quedaban dos días de trabajo y después de eso también ella estaría en el paro.

Lilah dejó a su hermano, Ben, en la guardería de camino a la oficina. Era un fresco día de primavera y cuando el viento la obligó a apartarse el pelo de los ojos lamentó no haberse hecho una coleta. Desgraciadamente, llevaba varias noches sin dormir y se levantaba con desgana, sin tiempo para arreglarse.

Desde que descubrió que Bastien Zikos había comprado la empresa de su padre tenía que hacer un esfuerzo para disimular su aprensión. Pero era la única que no iba a darle la bienvenida al nuevo jefe. Muchos vecinos del pueblo estaban encantados de que hubiera un comprador y algunos creían que el nuevo propietario contrataría a los que habían perdido su empleo.

Solo Lilah, que una vez había visto el brillo helado en los ojos del implacable Bastien, era pesimista. Estaba segura de que no iría al pueblo llevando buenas noticias.

De hecho, si algún hombre la había asustado alguna vez, era Bastien Zikos. Todo en el alto e increíblemente apuesto griego la ponía nerviosa. Su aspecto, su forma de hablar, su actitud dominante. No le gustaba nada y se había apartado lo antes posible... para descubrir, angustiada, que hacer eso solo lo animaba más.

Aunque solo tenía veintitrés años desconfiaba de

los hombres tan atractivos y seguros de sí mismos, convencida de que la mayoría eran mentirosos y traidores. Después de todo, su propio padre había sido así una vez, un adúltero cuyas aventuras habían causado mucho dolor a su difunta madre.

No le gustaba recordar esos años traumáticos en los que odiaba a su padre porque no podía confiar en él. Ni las amigas de su madre ni sus empleadas estaban a salvo. Por suerte, ese comportamiento había cambiado cuando conoció a Vickie y desde entonces había hecho lo posible por afianzar la relación con el único progenitor que le quedaba. Solo cuando Robert Moore sentó la cabeza pudo respetarlo de nuevo y olvidar el pasado.

Bastien, por otro lado, tenía fama de mujeriego. Era un depredador sexual, acostumbrado a tomar a la mujer que le gustase. Era rico, astuto e increíblemente atractivo. Las mujeres caían rendidas a sus pies o corrían hacia él en cuanto movía un dedo en su dirección. Pero Lilah había corrido en dirección contraria porque no iba a permitir que un hombre que solo quería su cuerpo pisoteara su orgullo o le rompiera el corazón.

Ella valía mucho más que eso, se recordaba a sí misma como había hecho dos años antes. Ella quería un hombre que la amase y que la apoyase en todo.

Sentirse atraída por alguien como Bastien Zikos había sido una pesadilla para ella y, por lo tanto, se había negado a reconocer esa atracción. Sin embargo, dos años después, aún recordaba la primera vez que lo vio en una abarrotada sala de subastas.

Alto, moreno y devastadoramente guapo, con unos fabulosos ojos dorados rodeados por largas pestañas negras...

Había ido para ver un colgante que perteneció a su madre y que Vickie, sin saber el cariño que sentía por esa joya, había puesto en venta. Lilah había pensado comprarlo en la subasta sin que lo supiera nadie en lugar de contarle a Vickie el disgusto que se había llevado cuando su padre, sin pensarlo dos veces, regaló a su novia todas las joyas de su difunta esposa.

Y la primera persona que vio al entrar en la sala de subastas fue a Bastien, con el pelo negro cayendo sobre la frente, su masculino perfil como de bronce mientras examinaba algo que tenía en la mano junto a un empleado. Lilah se había quedado sorprendida al ver que lo que tenía en la mano era el colgante de plata en forma de caballito de mar.

—¿Qué hace con eso? —le preguntó con tono posesivo.

—¿Y a usted qué le importa? —había replicado él bruscamente, dejándola transfigurada con esos ojos de un castaño casi dorado, realzados por largas pestañas negras.

En ese segundo había pasado de atractivo a absolutamente guapísimo. Lilah se había quedado sin aliento, con el corazón latiendo a un ritmo alocado, como si estuviera al borde de un precipicio.

—Era de mi madre.

—¿Y de dónde lo sacó su madre? —preguntó Bastien, dejándola desconcertada.

—Yo estaba con ella cuando lo compró en un mercadillo, hace casi veinte años —respondió Lilah, sorprendida por la pregunta y, sobre todo, por la intensidad de su mirada.

—Mi madre lo perdió en Londres hace más o menos ese tiempo —dijo él, con ese fuerte acento que la hacía sentir escalofríos, dando la vuelta al colgante para mostrarle el dorso, con dos letras A encerradas en un corazón–. Mi padre, Anatole, se lo regaló a mi madre, Athene. Qué extraordinaria coincidencia que haya sido de nuestras madres, ¿no?

–Extraordinaria –asintió Lilah, tan turbada por su proximidad como por la explicación.

Estaba lo bastante cerca como para ver la barba incipiente que oscurecía su mentón y respirar el aroma de su cara colonia masculina. Sin saber por qué, había dado un paso atrás... y cuando choché con otra persona Bastien alargó una mano para sujetarla, los largos dedos morenos cerrándose sobre su muñeca como un torno.

Lilah, sin aliento y ruborizada, sintió un extraño calor en sitios donde nunca antes lo había sentido cuando su mirada se encontró con la del alto griego.

–¿Puedo ver el colgante antes de que lo guarde?

–No tiene mucho sentido que lo mire, pienso comprarlo –había dicho él.

Lilah apretó los dientes.

–Yo también.

A regañadientes, Bastien puso el colgante en su mano y sus ojos se empañaron al verlo de cerca porque su madre siempre lo llevaba puesto. El colgante despertaba algunos de los recuerdos más felices de su infancia.

–Vamos a tomar un café –dijo él entonces, tomando el colgante para devolvérselo al empleado de la sala de subastas.

Lilah lo miró, sorprendida.

–No creo que sea apropiado si vamos a pujar por el mismo lote.

–Tal vez sea un sentimental. O tal vez me gustaría saber dónde ha estado ese colgante durante todos estos años.

Al final, accedió a tomar un café, pensando que rechazar la invitación sería una grosería.

Y así había empezado su breve relación con Bastien Zikos, recordó con tristeza. Lilah intentó apartar los recuerdos de esa corta semana en la que nunca, jamás, se permitía pensar, sabiendo que debía olvidar a Bastien Zikos.

Sin embargo, nunca había lamentado haberlo rechazado, ni entonces ni en aquel momento. Debía reconocer que lo había buscado en internet y en las fotografías aparecía con un interminable desfile de bellezas. Estaba claro lo que hacía falta para tenerlo contento. Cantidad más que calidad, había pensado a menudo, mientras intentaba convencerse a sí misma de que había tomado la decisión más acertada... aunque él la odiase por ello.

Lilah atravesó las puertas de la fábrica, entristecida al ver los pocos coches que quedaban en el aparcamiento, unos meses antes abarrotado.

Su móvil sonó en ese momento y lo sacó del bolso, pensativa. Era Josh, su antiguo compañero de universidad, para preguntar si le apetecía tomar una copa al día siguiente. Solían reunirse cada seis semanas para cenar y ver una película con los amigos. Josh estaba recuperándose de un compromiso roto y el último novio de Lilah la había dejado en cuanto la empresa de su padre empezó a tener problemas, de modo que ninguno de los dos tenía compromiso con nadie.

–¿Mañana por la noche? –repitió. Le gustaba la idea porque su casa estaba abarrotada y las noches no eran nada relajantes–. ¿A qué hora?

Sus amigos la harían olvidarse de todo durante un rato y dejaría de preocuparse por una situación que no podía controlar. Desgraciadamente para ella, sentía un deseo instintivo de arreglarlo todo, de rescatar a cualquiera que tuviese un problema.

Desde la oficina del piso de arriba, Bastien observaba con atención a Lilah Moore cruzar el aparcamiento.

Seguía siendo la criatura más hermosa que había visto nunca, tuvo que reconocer, furioso por ese pensamiento. Había habido muchas mujeres en su cama desde que conoció a la hija de Robert Moore, pero ninguna de ellas lo había interesado durante demasiado tiempo.

Seguía viendo a Delilah como la primera vez, con el sedoso pelo negro rizado cayendo casi hasta la cintura, los electrizantes ojos azul zafiro y la piel de porcelana. Era perfecta. Incluso con unos vaqueros gastados y botas negras resultaba elegante.

Entonces, como en aquel momento, se había dicho a sí mismo, impaciente, que no era su tipo. Con una sola excepción siempre le habían gustado las rubias voluptuosas. Delilah, en cambio, era pequeña y muy delgada. No podía entender qué la hacía tan atractiva y eso lo irritaba porque cualquier cosa que no pudiese controlar o entender lo sacaba de quicio. En aquella ocasión, se acercaría lo suficiente como para ver sus defectos, se prometió a sí mismo.

–El nuevo jefe está en el edificio –anunció su compañera, Julie, en cuanto entró en la pequeña oficina que compartían.

Lilah, que estaba quitándose el abrigo, se quedó inmóvil.

–¿Cuándo ha llegado?

–El guardia de seguridad dice que aún no eran las siete. Parece que es muy madrugador –respondió Julie, sin poder disimular su admiración–. El señor Zikos se ha traído a todo un equipo y yo creo que eso es bueno, ¿no te parece? Además, es guapísimo.

Por fin, Lilah consiguió dejar el abrigo en el perchero.

–¿Ah, sí? –murmuró, sin mirar a su amiga.

–Está como un tren, parece un modelo. Hasta Maggie, que le ha llevado el café, está de acuerdo –Julie se refería a la señora de la limpieza, famosa por odiar a los hombres–. Pero también me ha dicho que no es su primera visita. Aparentemente, estuvo aquí hace un par de años.

–Así es. Entonces estaba interesado en comprar la empresa.

–¿Y tú lo sabías? ¿Lo habías visto antes? ¿Por qué no me habías dicho nada?

–Con todo lo que está pasando no me parecía importante –murmuró Lilah, sentándose frente a su escritorio y haciéndose la sorda mientras Julie lamentaba su falta de interés por el nuevo propietario de Repuestos Moore.

Un hombre joven de barba bien recortada entró en el despacho una hora después.

–¿Señorita Moore? Soy Andreas Theodakis. El señor Zikos quiere verla en su despacho.

Lilah intentó tragar saliva, nerviosa. Bastien no iba a hacerle daño, por supuesto. Entonces, ¿por qué solo escuchar su nombre la hacía presa de un ataque de pánico?

Mientras subía la escalera respiraba despacio, intentando calmarse. Bastien no querría reírse de ella, ¿no? Había conseguido el negocio a un precio irrisorio y la familia Moore lo había perdido todo, exactamente como él había predicho. A los hombres ricos y poderosos les gustaba presumir a la menor oportunidad, pensó. ¿Pero qué sabía ella de los hombres ricos y poderosos? Después de todo, Bastien era el único al que conocía.

Estaba utilizando el antiguo despacho de su padre y le parecía tan extraño entrar en un sitio tan familiar y no encontrar allí a Robert Moore…

Andreas Theodakis los dejó solos y se preguntó si esa sería una buena o una mala señal.

–Señor Zikos...

–Creo que puedes seguir llamándome Bastien –dijo él, preguntándose cómo demonios podía estar tan guapa con una sencilla falda negra y un jersey ancho de color camel.

Seguía llevando el pelo largo y, de hecho, le habría molestado que se lo hubiera cortado. Seguía habiendo algo extrañamente fascinante en ese pelo tan largo que había llamado su atención desde el primer momento. Y algo igualmente memorable en el contraste entre sus ojos azules y la pálida piel de porcelana.

Obligada a mirarlo de frente por primera vez, Lilah se quedó paralizada, intentando relajar los músculos faciales para no delatarse. Era un ejercicio que había hecho en defensa propia dos años antes. Pero el aliento se quedó en su garganta, como si de repente la hubieran dejado en un lugar oscuro y lleno de peligros que no podía ver.

Bastien debía medir más de metro noventa, de modo que podía concentrarse en mirar su corbata de seda azul, que le quedaba a la altura de los ojos. Pero la imagen que había visto al entrar en el despacho seguía grabada en su cerebro, como marcada a fuego.

Le gustase o no, Julie había dado en el clavo: Bastien parecía un modelo, desde los esculpidos pómulos a la clásica y arrogante nariz, el mentón cuadrado o los generosos y sensuales labios. Lilah sintió que se ruborizaba al notar una oleada de calor entre las piernas y apretó los dientes porque sabía que él lo notaría. A Bastien Zikos no se le escapaba nada.

—Siéntate, Delilah —Bastien señaló una silla frente a la mesa de café, en una esquina del despacho.

—Lilah —lo corrigió ella y no por primera vez.

Siempre había insistido en llamarla por su nombre completo, ese nombre de connotaciones bíblicas que la había avergonzado en el colegio.

—Yo prefiero Delilah —dijo Bastien, con la satisfacción de un felino relamiéndose.

Lilah se sentó en la silla que le había indicado, con la espalda demasiado rígida como para apoyarla en el respaldo. Cuando se sentó frente a ella se encontró con sus espectaculares ojos de color marrón claro, dorado a la luz del sol, rodeados por unas aterciope-

ladas pestañas negras, pensó un poco mareada, perdida en uno de esos lapsos de concentración que Bastien había provocado frecuentemente dos años antes.

–No sé por qué querías verme –dijo por fin cuando
la puerta se abrió y Maggie entró con una bandeja de
café.

Lilah se levantó de inmediato para quitarle la bandeja de las manos. Maggie había decidido seguir trabajando a pesar de haber superado la edad de jubila-
ción y, aunque nunca lo admitiría, le costaba trabajo
llevar bandejas.

–Podría haberlo hecho yo –protestó la mujer.

Lilah miró las elegantes tazas de porcelana que la
secretaria de su padre guardaba para las visitas im-
portantes y cuando salió del despacho sirvió el café
con dos azucarillos sin preguntar.

–¿No sabes por qué quería verte? –repitió Bastien–. Qué modesta eres...

El tono sarcástico hizo que Lilah se ruborizase.

Bastien tomó un trago del café solo, muy dulce,
sonriendo al descubrir que era justo como le gustaba.

Haciendo un esfuerzo para mostrarse fría y serena,
Lilah levantó su taza, pero esa sonrisa... ay, la sonrisa
torcida que transformaba esas facciones implacables
en un gesto casi infantil. No podía dejar de mirarlo.

–Hoy –empezó a decir Bastien– eres una joven
muy influyente. Está en tus manos decidir qué va a
ser de Repuestos Moore.

Lilah se quedó inmóvil ante tan sorprendente afir-
mación.

–¿Se puede saber de qué estás hablando?

Capítulo 2

BASTIEN la estudió con un brillo de satisfacción en sus ojos oscuros. Había esperado ese momento durante mucho tiempo.

–Quiero hacerte un par de propuestas. El destino de Repuestos Moore ahora está en tus manos.

Lilah dejó su taza de café sobre la mesa con manos temblorosas.

–¿Por qué dices eso?

–Porque es la verdad. Yo no miento ni me echo atrás cuando he hecho una promesa –afirmó Bastien–. Te aseguro que lo que pase con la empresa será tu responsabilidad.

Lilah parpadeó rápidamente mientras intentaba concentrarse.

–No lo entiendo. ¿Cómo puede ser?

–Tú no eres tan ingenua –Bastien esbozó una sonrisa–. Sabes que te deseo.

–¿Aún? –Lilah dejó escapar el aliento ante tal declaración porque estaba convencida de que, después de dos años, se habría olvidado hasta de su nombre.

–Aún –confirmó él, con amenazador énfasis.

¿Cómo podía seguir encontrándola atractiva después de dos años sin verse... y después de todas las mujeres con las que debía haber estado en ese tiempo? No tenía sentido.

Ella no era una belleza de las que paraban el tráfico. Nunca había tenido ningún problema para atraer a un hombre, pero mantener su interés cuando no estaba dispuesta a meterse en la cama siempre había sido un reto. De hecho, la mayoría de ellos preferían alejarse, pensando que o era devotamente religiosa o solo estaba dispuesta a compartir su cuerpo después de recibir un anillo de compromiso.

Lilah se dejó caer sobre el asiento, desconcertada. ¿Cómo podía seguir deseándola y qué tenía eso que ver con el negocio de su padre? ¿Y cómo podía seguir encontrándola atractiva cuando había tenido mujeres mucho más sofisticadas en su vida? ¿Sería solo porque le había dicho que no? ¿Podría un hombre tan inteligente como Bastien ser tan básico?

—No quiero retenerte aquí toda la mañana, así que voy a contarte las tres opciones que tienes.

—Tres opciones —repitió ella, inquieta.

—Opción uno, decides darme la espalda —Bastien lanzó sobre ella una mirada de advertencia que la hizo palidecer—. En ese caso, venderé la maquinaria y el solar inmediatamente. Ya tengo una buena oferta y obtendría buenos beneficios...

Lilah inclinó la cabeza, aterrada por tal sugerencia. El pueblo necesitaba la fábrica porque cerrar Repuestos Moore había dañado su precaria economía. La gente no encontraba trabajo y muchos habían tenido que poner sus casas en venta porque ya no podían pagar las hipotecas.

Ella sabía muy bien lo duro que era quedarse sin

trabajo y había hecho todo lo que pudo con sus co-
nocimientos de recursos humanos para ofrecer guía
y consejo a los empleados de su padre.

–Opción dos –siguió Bastien– aceptas pasar una noche conmigo. Entonces dejaré que la fábrica siga funcionando durante al menos un año. Me costará dinero
y será una pérdida de tiempo porque Repuestos Moore
necesita una gran inversión para retener los contratos
y conseguir otros nuevos, pero si eso es lo único que
puedo conseguir de ti, estoy dispuesto a arriesgarme.

Lilah levantó la cabeza para concentrar la mirada
en el oscuro y atractivo rostro.

–A ver si lo entiendo: ¿estás chantajeándome para
que me acueste contigo? ¿Te has vuelto loco?

–Deberías estar agradecida. Si no te deseara no habría nada que poner sobre la mesa. Sencillamente, vendería la empresa –le informó Bastien con letal frialdad.

–No puedes desearme tanto. Eso sería... absurdo,
una locura.

–Evidentemente, estoy loco –Bastien la miró de
arriba abajo: los labios rosados, los pequeños pero altos pechos bajo el jersey, la delicada curva de sus caderas o las bien torneadas rodillas–. Tienes unas piernas preciosas –murmuró, luchando contra el deseo
que empezaba a crecer en su entrepierna.

Dos años antes, Delilah Moore lo había tenido en
un constante estado de excitación que había provocado
noches en vela y muchas duchas frías. No pensaba dejar que volviera a hacerle eso. La deseaba, pero la
aventura empezaría y terminaría cuando él quisiera.

La opción dos era seguramente la más sensata
porque una vez que se hubiese acostado con ella la

fascinación desaparecería y se cansaría de ella como se había cansado siempre de sus predecesoras. Pero aunque estaba convencido de que una sola noche lograría exorcizarla de sus fantasías, no quería verse forzado a aceptar esa restricción.

Lilah se tapó las rodillas con la falda, de repente ardiendo bajo la ropa como reacción a esa mirada. Era un hombre tan crudamente sexual, tuvo que admitir, apartando la mirada al notar la tensión en los pezones y el ingobernable calor entre las piernas.

Pero no podía controlar esas reacciones, no podía evitarlas con Bastien. Dos años antes la había atraído como la luz a la proverbial polilla. La salvaje excitación que evocaba en ella había sido siempre increíblemente seductora.

Intentando desesperadamente recuperar el control de sus desordenados pensamientos, Lilah respiró con fuerza antes de decir:

–Me niego a creer que estés hablando en serio. Un hombre como tú no puede desear tanto a una mujer como para llegar a estos extremos.

–¿Y tú qué sabes de eso? –la interrumpió él con tono seco–. Aún no he llegado a la opción tres.

Indignada, Lilah se levantó.

–Me niego a seguir escuchando esas tonterías.

–Entonces venderé la empresa hoy mismo –le advirtió Bastien con frialdad cuando se dirigía a la puerta–. Es tu decisión, Delilah. Tienes suerte de que te ofrezca esas opciones.

Lilah se dio la vuelta, el pelo negro cayendo en una brillante cascada sobre sus hombros.

–¿Suerte? –repitió, incrédula. ¿Bastien Zikos estaba dispuesto a hacer cualquier cosa para acostarse con ella y debía mostrarse agradecida? ¿Era normal sentirse insultada y dolida? ¿Por qué se sentía dolida?

—Con mi apoyo puedes mover tu varita mágica y ser la heroína que deseas ser —dijo él burlón—. En la opción tres haré casi lo que tú quieras, incluyendo emplear a tu padre como asesor o gerente.

La sorprendente sugerencia no solo detuvo a Lilah, dejándola inmóvil sobre la alfombra, también hizo que le diese vueltas la cabeza. Durante un segundo imaginó a su angustiado padre recuperando su antigua confianza, su energía, capaz de ganar un sueldo otra vez y mantener a su familia. ¡Qué maravilloso sería eso para Robert Moore!

—Ah, así que es eso lo que podría evitar que me dieses la espalda... eres una auténtica niña de papá —comentó Bastien irónico—. ¿Estás dispuesta a escucharme ahora, dejar de hacer dramas y preguntar si me he vuelto loco? La respuesta a eso es que solo estoy loco por tenerte en mi cama...

Lilah sintió que le ardía la cara. No podía creer que dijera eso con tal tranquilidad. Pero claro, haría falta mucho más para avergonzar a un hombre tan arrogante como Bastien Zikos.

—Muy bien... por mi padre estoy dispuesta a escucharte —asintió a regañadientes.

—Entonces, siéntate —Bastien señaló la silla.

Intentando contener su enfado, Lilah volvió a sentarse.

—¿Opción tres?

—Te conviertes en mi amante y estás a mi lado durante el tiempo que yo te desee.

–Tener una amante es un concepto muy anticuado –dijo Lilah para enmascarar su perplejidad.

Bastien se encogió de hombros.

–En mi mundo es habitual.

–Pensé que ese tipo de esclavitud sexual había terminado hace cien años.

–Pero tú no sabes lo que este acuerdo incluiría –dijo Bastien, imaginándola envuelta en seda y diamantes solo para su disfrute, una imagen que lo excitó como nunca–. A cambio de convertirte en mi amante volveré a poner la empresa en marcha e invertiré en ella. Le diré a tu padre que puede volver a contratar a todos los empleados... después de todo, no es fácil reemplazar a gente con experiencia. Con mi apoyo económico, Repuestos Moore seguiría en funcionamiento.

Lilah estaba atónita. En aquel momento entendía la burla de Bastien sobre su oportunidad de convertirse en una heroína y mover su varita mágica porque si aceptaba todo volvería a ser como antes. ¿Cuántas veces había soñado con eso en los últimos meses?

Bastien tenía que ser un hombre muy poderoso porque haría falta una inversión millonaria para que la empresa volviese a funcionar. Sería un reto muy caro, pero cambiaría la vida de tanta gente, pensó, con el corazón encogido.

–Parece que te gusta la oferta de la varita mágica –comentó él, observando su expresivo rostro–. Supongo que tu respuesta dependerá de si eres una santa como pareces. Además de haberlos acogido en tu casa mantienes económicamente a tu familia, ¿verdad?

Lilah detestaba que supiera tantas cosas sobre su vida privada y la etiqueta de «santa» la ofendía.

–No soy ninguna santa.

–En mi opinión sí lo eres. Has salvado a tu perversa madrastra de vivir en un albergue y, además, recaudas fondos para ayudar a niños con problemas, a perros abandonados...

Lilah se levantó de nuevo.

–¿Y cómo sabes todo eso sobre mí?

–Evidentemente, sé lo que ocurre en este pueblo.

–Mi madrastra no es perversa –protestó Lilah–. ¿Y cómo sabes que mi familia vive conmigo? ¿Y lo de mi trabajo como voluntaria?

–Tuve que investigarte antes de venir –respondió Bastien, impaciente–. Si te hubieras casado o tuvieras novio nada de esto tendría sentido. No me gusta perder el tiempo.

–Pero tuve novio.

–No por mucho tiempo. Te dejó en cuanto tu padre perdió la empresa.

Lilah no pensaba rebajarse a discutir con él por alguien tan rastrero como Steve, su exnovio, que resultó ser un tipo muy ambicioso. Había empezado a salir con ella cuando Repuestos Moore era un éxito e incluso intentó convencer a su padre de que lo aceptara como socio, pero desapareció en cuanto empezaron los problemas y le mortificaba que Bastien supiera todo eso.

Intentando controlarse, Lilah levantó la cabeza en un gesto orgulloso.

–No puedo creer que estés hablando en serio. Esa proposición es inmoral.

–No me preocupa la moralidad –replicó Bastien sin vacilación–. No me disculpo por lo que quiero... y te quiero a ti. Deberías sentirte halagada.

–No me siento halagada sino asqueada por tu falta de escrúpulos –replicó ella, sus ojos azules brillando de indignación–. Estás intentando aprovecharte de la situación, jugando con el cariño que siento por mi familia.

–Usaré todo lo que esté en mi mano para conseguirte. Claro que tú decides aceptar o no mi proposición –señaló Bastien dando un paso adelante–. Tú eres el premio, Delilah. ¿No te emociona eso?

Lilah tragó saliva, nerviosa.

–No, por supuesto que no.

–Emocionaría a muchas mujeres –dijo Bastien burlón, mirándola con esos ojos dorados que la hacían sentir escalofríos–. La mayoría de las mujeres quieren sentirse deseadas por encima de las demás.

–Dudo mucho que tú seas capaz de desear a una mujer por encima de las demás –replicó ella–. Las mujeres parecen ser objetos intercambiables para ti, así que no entiendo esa fijación que tienes conmigo.

–No es una fijación –Bastien apretó los labios.

–Por favor, llama a las cosas por su nombre. Mira a lo que estás dispuesto a llegar para acostarte conmigo... ¿eso te parece normal?

–La satisfacción sexual es extremadamente importante para mí –Bastien la estudiaba con fría seriedad–. No necesito dar explicaciones o pedir disculpas por ello.

Lilah sacudió la cabeza. Aquel hombre no estaba dispuesto a escucharla. Era como un tren sin frenos. Veía algo que le gustaba y se lanzaba por ello sin pensar en el daño que podía hacer.

–Te trataré bien –murmuró Bastien entonces con voz ronca.

–Lo que estás sugiriendo es imposible –exclamó ella, frustrada y furiosa–. Por no decir sórdido.

Él levantó una mano morena y pasó un dedo por su labio inferior.

–Yo nunca soy sórdido. Tienes mucho que aprender sobre mí.

Sometida a ese contacto físico, Lilah tuvo que dar un paso atrás.

–Lo que he descubierto hoy es más que suficiente. Lo que propones es ofensivo e impensable y nada de lo que puedas ofrecerme convencería a mi padre para aceptar un trabajo a cambio de venderme al mejor postor.

Los ojos azul zafiro lanzaban chispas de desafío.

–Solo un tonto sugeriría que le contases la verdad a tu padre. Podrías decirle que te he ofrecido un puesto de trabajo que incluye viajes al extranjero y un estilo de vida envidiable.

Sintiendo un escalofrío ante tan maquiavélica sugerencia, Lilah replicó:

–Lo tienes todo bien estudiado, ¿no?

–¿Pero estás dispuesta a aceptar? Tienes hasta mañana para decidir entre las tres opciones.

–No me has dado una sola opción razonable o justa.

–Si no me das tu respuesta mañana, venderé la empresa –le advirtió Bastien.

Lilah apretó los puños. Ella no era una persona violenta, pero no era la primera vez que estaba a punto de darle un puñetazo.

–No tiene que ser así entre nosotros, Delilah. Podríamos discutirlo esta noche, mientras cenamos.

Ella lo fulminó con la mirada.

–¿Cenar? Supongo que lo dices de broma. Además, no puedo –mintió–. He quedado a cenar con otra persona.

–¿Con quién? –preguntó Bastien, poniendo una mano en la puerta para evitar que la abriese.

–Eso no es asunto tuyo –replicó ella, cruzándose de brazos en un gesto defensivo–. Nada de lo que yo haga es asunto tuyo. Puede que ahora la empresa de mi padre sea tuya, pero no eres el dueño de nada más.

Bastien abrió la puerta con un gesto irónico.

–Yo no estaría tan segura de eso, *koukla mou*.

Lilah salió a toda prisa, pero necesitaba un momento antes de enfrentarse con la curiosidad de Julie. Le temblaban las manos y tuvo que hacer un esfuerzo para recuperar el control.

Desgraciadamente, Bastien había encontrado su punto débil. La posibilidad de rescatar a su familia la había llenado de esperanza y desesperación al mismo tiempo. ¿Y las demás familias, todos los que podrían recuperar sus puestos de trabajo?

Pero Bastien Zikos había puesto un precio muy alto a ese milagro. Era demasiado, pensó, furiosa. ¿Cómo podía hacerle eso? ¿Cómo podía sugerir algo tan ofensivo? Una noche con él o una aventura que terminaría cuando se cansase de ella. Menuda elección. ¿Qué había hecho para que la tratase de ese modo?

Estaba estresada, angustiada e incapaz de pensar con claridad, tuvo que reconocer. ¿No era eso lo que había sentido cuando conoció a Bastien Zikos?

Por supuesto, su encanto no estaba a la vista en ese momento, tuvo que admitir amargamente. Sin embargo, sí lo estaba cuando la invitó a tomar un café dos años antes...

Tras un casual intercambio de nombres, Bastien le había dado una tarjeta con el logo de su empresa, que era un caballito de mar. Saber que había una fuerte conexión familiar con el colgante había hecho que se relajase un poco. Por el Rolex de oro y el traje de diseño resultaba evidente que era un hombre muy rico, de modo que sería imposible para ella superarlo en la subasta.

Cuando bromeó sobre la cantidad de azúcar que ponía en su café, la sonrisa perversamente sexy de Bastien había acelerado su corazón. Ah, sí, a primera vista se había sentido poderosamente atraída por Bastien Zikos.

–Aún no me has explicado una cosa –dijo él–. Si ese colgante tiene tanto valor para ti, ¿por qué va a ser vendido en una subasta?

Lilah le habló sobre las joyas familiares que su padre le había regalado a su madrastra.

–Pero ahora Vickie tiene que venderlo todo y yo no quería disgustarla diciéndole lo importante que es este colgante para mí.

–Para conseguir algo hay que pedirlo –había dicho él–. Aunque no me quejo. Que seas tan diplomática me conviene. Si el colgante no hubiera salido a la venta yo no habría sabido dónde estaba y llevo años buscándolo.

–Imagino que te recuerda a tu madre.

–Recuerdo el día que mi padre se lo regaló –respondió Bastien, con los ojos velados, los labios repentinamente apretados–. Fue cuando yo tenía cuatro años y creía que éramos una familia perfecta.

–No hay nada malo en eso –había dicho ella con una sonrisa, intentando imaginarlo de niño, con el pelo negro y esos profundos ojos oscuros.

–Pase lo que pase mañana en la subasta, prométeme que cenarás conmigo.

–Aún pienso pujar –le advirtió Lilah.

–Puedo superar la puja. ¿Cenamos juntos?

Y ella había cedido, como una montañita de arena empujada por una poderosa ola.

Bastien desconocía su conexión con Repuestos Moore y había sido una sorpresa para los dos cuando se encontraron en el despacho de su padre al día siguiente. La cena en el hotel de Bastien había sido reemplazada por una cena en casa de Robert Moore y, una vez finalizada, este le pidió que acompañase a Bastien a la puerta.

–Si esperas que te felicite por haber conseguido el colgante me temo que vas a llevarte una desilusión –le había advertido Lilah mientras bajaban por la escalera–. Has pagado una fortuna.

Bastien soltó una carcajada.

–Eso dice la mujer que me ha hecho pagar esa fortuna.

–Bueno, al menos tenía que intentarlo. ¿Por qué has venido a ver a mi padre? –le preguntó abruptamente cuando llegaron a la puerta.

–Estoy interesado en comprar su empresa, pero me ha dicho que necesita algo de tiempo para pensarlo –Bastien le hablaba al oído, haciendo que se le erizase el vello de la nuca.

Inquieta por tal reacción, Lilah tuvo que hacer un esfuerzo para respirar.

–No creo que mi padre esté dispuesto a vender ahora que Repuestos Moore está en la cresta de la ola.

–Es el mejor momento para vender.

Bastien la había mirado entonces de una forma que la hizo temblar. Nerviosa, observó la limusina que había ido a buscarlo. Estaba claro que era un hombre poderoso y que le gustaba presumir de ello.

–Es una pena que tu padre nos haya invitado a cenar –Bastien había dejado escapar un suspiro–. Estaba deseando quedarme a solas contigo.

Que fuese tan directo incomodaba a Lilah. Aunque inicialmente se había sentido halagada por su atención, temía que quisiera algo más. Y acostarse con un hombre al que acababa de conocer era algo impensable para ella.

Ser virgen a los veintiún años tampoco era un plan preconcebido, sencillamente no había conocido a nadie que la atrajese lo suficiente como para dar ese paso. No confiaba fácilmente en los hombres y, después de ver a muchas amigas llorando por culpa de relaciones fallidas, esperaría el tiempo que fuera necesario hasta encontrar a un hombre dispuesto a esperar que ella estuviese preparada para esa intimidad.

–Bastien está loquito por ti –le había dicho Vickie al oído–. No deja de mirarte. Y aunque a mí me gustan los hombres maduros, debo reconocer que es guapísimo.

Antes de que Lilah pudiera llamar a un taxi, Bastien se había ofrecido a llevarla a casa y en cuanto subió a la limusina la abrazó y la besó con una sensualidad que despertó un incendio en su traidor cuerpo. Se había apartado, intentando calmarse, pero él insistió.

–Pasa la noche conmigo –murmuró, acariciando con el pulgar el pulso que latía en su garganta.

–Pero si apenas te conozco...

–Puedes conocerme en la cama –replicó él.

–Yo no soy así –murmuró Lilah, incómoda–. Tendría que conocerte bien antes de acostarme contigo.

–*Diavelos*... ¡solo voy a estar aquí cuarenta y ocho horas! –Bastien la miraba con gesto de incredulidad. Evidentemente, no estaba acostumbrado a aceptar negativas.

–Lo siento, no puedo cambiar cómo soy –dijo ella mientras la limusina se detenía frente a su casa.

–Yo nunca conozco bien a las mujeres con las que me acuesto y, si quieres que sea brutalmente sincero, el sexo es la única intimidad que necesito.

–Pues entonces somos polos opuestos –había murmurado ella mientras salía del coche, suspirando de alivio.

Después de tan incómoda despedida sus ojos se llenaron de unas inexplicables lágrimas. Y lo peor de todo era que había tenido sueños románticos con Bastien.

¿No había recibido justo lo que merecía por ser tan ingenua? Él solo estaba interesado en el sexo, nada más. Y eso no era precisamente un cumplido.

Aunque se había sentido inicialmente atraída por su aspecto físico, en realidad le fascinaba su fuerte personalidad. Esa noche había estado despierta hasta muy tarde, buscando información sobre Bastien Zikos en internet y la cantidad de mujeres con las que salía fotografiado confirmaba su reputación de mujeriego. Bastien se acostaba con muchas mujeres y no era fiel a ninguna.

Al principio se había quedado atónita por tal descubrimiento, pero en el fondo era un alivio. Al fin y al cabo, eso dejaba claro que jamás podría tener una relación con él. Bastien no tenía relaciones sino revolcones de una sola noche.

Volviendo al presente, Lilah se quedó sorprendida cuando sus ojos se llenaron de lágrimas y parpadeó para contenerlas. Odiaba que Bastien la afectase de ese modo.

–Has estado mucho tiempo arriba con el jefe –comentó Julie cuando se sentó tras su escritorio.

–El señor Zikos quería hablarme de un plan para la empresa –respondió, incómoda.

–¿En serio? ¿Quieres decir que no va a venderla?

Lilah no sabía por dónde salir.

–No, que la venda aún es una posibilidad –dio marcha atrás rápidamente, temiendo que los rumores corriesen como la pólvora, levantando falsas esperanzas–. Me parece que aún no ha tomado una decisión definitiva.

Dejando escapar un suspiro de tristeza, Julie volvió a concentrarse en el trabajo, pero Lilah no podía concentrarse en nada porque seguía temblando después de su encuentro con Bastien.

Su familia estaba sufriendo, como todo el mundo en el pueblo, tras el cierre de la empresa. Sus hermanos ya no tenían un jardín en el que jugar y los juguetes más caros habían sido vendidos. Su padre estaba sufriendo una depresión y tenía que medicarse... el día que la empresa cerró, su mundo se vino abajo.

Sin trabajo, sin su negocio, Robert Moore sencillamente no sabía qué hacer con su vida.

Tuvo que parpadear para contener las lágrimas. A
pesar de esos años, cuando sus padres eran tan infeli-
ces, seguía queriendo mucho a Robert Moore. Solo tenía once años cuando su madre murió repentinamente
de un aneurisma. Su padre había estado a su lado entonces, pero era un hombre dedicado a la empresa y
pronto había vuelto a la oficina, trabajando dieciocho
horas al día para levantar Repuestos Moore.

Se le encogía el corazón al pensar en él. Humillado
como hombre y a su edad, ¿quién iba a darle trabajo?
Aunque no quería pensar en ello, no podía evitar imaginarlo volviendo al trabajo, alegre de nuevo...

Pero no podía ser.

¿De verdad estaba dispuesta a convertirse en la
amante de Bastien?

¿En su esclava sexual?

De repente, experimentó una extraordinaria chispa
de emoción y se sintió avergonzada. Estaba segura de
que Bastien no esperaría una virgen, ¿pero qué más
daba? No estaba considerando esa proposición en serio, ¿no?

Recordó entonces las flores que le había enviado
el día después de conocerlo. Y luego había aparecido
en su casa por la tarde, con una insistencia que la había impacientado. Cuando intentó convencerla para
que cenase con él, Lilah había perdido los nervios.

¿Por qué había perdido los nervios?

Totalmente hipnotizada por Bastien, había empezado a sentirse atraída por él y tener que aceptar que
aquel hombre magnífico solo la quería por el sexo era

tan doloroso como ofensivo, por eso había perdido los nervios. Estaba enfadada consigo misma porque había conseguido tentarla con ese erótico beso en la limusina, haciendo que se cuestionase sus propios valores. Le dolía que tuviera ese poder sobre ella, por eso le había echado en cara su reputación de mujeriego.

Seguía pensando en ello mientras volvía a casa del trabajo. Atacar a Bastien había sido un error. Él era lo que era y ella también. Eran dos personas muy diferentes. Insultarlo había sido absurdo, una niñería. Sus ojos oscuros habían brillado como hielo negro, la furia en su mirada asustándola. Pero no había hecho nada, no había dicho nada. Sencillamente se había dado la vuelta para subir a la opulenta limusina.

Unas semanas después había llegado un inesperado regalo a la oficina, una réplica exacta del colgante en forma de caballito de mar que Bastien había comprado en la subasta. La única diferencia con el original era que la nueva pieza no tenía las iniciales grabadas. Ese regalo la hizo pensar que no conocía en absoluto a Bastien Zikos. Se había preguntado entonces si habría imaginado la furia en sus ojos cuando lo acusó de ser un canalla y un mujeriego...

Pero en aquel momento sabía con certeza que no había sido cosa de su imaginación y que la proposición de Bastien era una forma de vengarse.

Capítulo 3

EN MEDIO de la noche, después de dar vueltas y vueltas en la cama, Lilah se levantó para hacerse una taza de té.

Vickie estaba en la cocina, sentada frente a la mesa.

–Parece que hemos pensado lo mismo –dijo, intentando disimular un bostezo.

–¿Tú tampoco podías dormir?

–Las preocupaciones me mantienen despierta –respondió su madrastra–. En el colegio de Ben me han dicho que Bastien Zikos ha estado en la oficina hoy... me sorprende que tú no lo mencionaras.

–¿Para qué iba a mencionarlo?

–No me gusta pedirte esto, pero estaba pensando... tal vez el señor Zikos tenga algún puesto de trabajo para tu padre.

Lilah se puso colorada.

–Si tengo oportunidad, se lo preguntaré –murmuró, sintiéndose culpable por no contarle la verdad.

Bastien tenía razón en una cosa: nadie le daría las gracias por rechazar esa oportunidad. Y la verdad era que podía mover su varita mágica y arreglarlo todo. ¿Cómo podía vivir sabiendo eso y sin hacer nada? ¿Cómo iba a vivir viendo a su padre hundido en un sillón, mirando al vacío? Tenía que ser práctica, se dijo. Después de todo, Bastien le había ofrecido un milagro.

Que todo volviese a ser como antes.

Agarrarse a su virginidad a toda costa parecía patético en tales circunstancias, ¿no? Y le gustase o no, se sentía atraída por Bastien. ¿Cómo iba a justificarse ante sí misma sabiendo que tantas cosas buenas podían salir de ese acuerdo? El interés de Bastien por ella sería pasajero. Pronto volvería a su vida normal y probablemente no se verían nunca más. Cuando Bastien se aburriese de ella buscaría un trabajo en Londres y empezaría de nuevo.

Se vistió para ir a trabajar con más cuidado del habitual, sujetándose el pelo en una trenza y eligiendo una falda estrecha con una blusa de color crema.

Imaginarse en la cama con Bastien hacía que su frente se cubriera de un sudor frío, de modo que se negó a pensar en ello. El sexo era un simple rito, se dijo, impaciente. Ella no era diferente a cualquier otra mujer y pronto se acostumbraría. Sin duda, la práctica habría convertido a Bastien en un experto y compartir cama con él no sería precisamente desagradable. Por supuesto, tampoco iba a disfrutarlo. El sexo sin sentimientos era un ejercicio físico, nada más.

Distanciarse no sería difícil porque odiaba a Bastien con todas las fibras de su ser. Antes del día anterior lo creía simplemente un mujeriego que una vez había rozado su tierno corazón, pero en aquel momento era un canalla que la forzaba a entregarle su cuerpo como si fuera una prostituta.

Sintió un escalofrío y tuvo que hacer un esfuerzo para respirar. Estaba a punto de firmar un acuerdo con el diablo, pero no iba a mostrar la menor debilidad.

Cuando entró en la oficina, Julie la miró con curiosidad.

—El señor Zikos ha llamado preguntando por ti. Le he dicho que nunca llegabas antes de las nueve porque tienes que dejar a tu hermano en la guardería.

—Gracias —murmuró Lilah, colgando su abrigo en la percha con manos temblorosas.

Bastien había dicho que hablarían a las diez, pero por supuesto no tenía paciencia. Lo había visto mover los pies o tamborilear con los dedos sobre la mesa cuando se veía obligado a permanecer inactivo. Era nervioso, lleno de energía.

Lilah pasó las manos por su falda mientras subía la escalera. ¿Por qué estaba tan nerviosa? ¿No había decidido que el sexo no era tan importante, que no merecía la pena disgustarse tanto? Bastien no iba a tirarla sobre el escritorio para hacer lo que quisiera con ella aquel mismo día... ¿no?

Su estómago dio un vuelco ante esa imagen casi pornográfica. Quería que Bastien lo hiciese en la oscuridad, en completo silencio. No quería mirarlo ni hablar con él. Desearía que hubiese alguna forma de hacerlo por control remoto, sin necesidad de contacto físico. Y pensando algo tan absurdo entró en el despacho de su padre.

Bastien pidió a sus ayudantes que saliesen y dejó sobre el escritorio la tableta que había estado estudiando.

—Has preguntado por mí, pero aún no son las diez —le recordó Lilah—. Solo son las nueve y cuarto.

Bastien se irguió, los brillantes ojos dorados clavados en ella como un reto.

–Mi reloj interno dice que son las diez –la contradijo sin la menor vacilación.

–Pues estás equivocado.

–Yo nunca me equivoco, Delilah –replicó él, su mirada casi como una caricia–. Lección número uno sobre cómo ser una amante. Te tengo a mi lado para que fortalezcas mi ego, no para que lo destroces.

Lilah clavó en él los ojos de color zafiro con un ansia que no podía contener. El traje de diseño italiano destacaba los anchos hombros y las delgadas caderas mientras estaba frente a ella, con los pies ligeramente separados, las manos en los bolsillos del pantalón. Algo se encogió en su bajo vientre cuando sus ojos se encontraron.

Miró entonces el hermoso rostro moreno y dejó de respirar, angustiada ante tan traidora reacción. Sus pechos parecían hincharse, contenidos por el sujetador, mientras un cosquilleo prohibido hacía que apretase las piernas.

–No se me da bien fortalecer egos –le advirtió.

Él esbozó una sonrisa.

–Mi ego podrá soportar un par de golpes, no te preocupes.

–Aún no he dicho que sí, pero estás convencido de que será así.

–¿Y me equivoco?

Lilah apretó los dientes.

–No.

–Así que vas a aceptar la opción número tres

–Bastien se apoyó en el escritorio con una tranquilidad que la enfureció.

Opción tres, quería que dijese. Esa sería la mejor opción para él. Vendería el solar, llevaría la empresa a las afueras del pueblo y, al hacerlo, obtendría subvenciones por instalarse en una zona con grave desempleo. Para él sería una situación perfecta porque tendría a Delilah y un beneficio inmediato para cubrir gastos.

–No tienes vergüenza –lo acusó Lilah.

–Cuando se refiere a ti, no. Es la única forma de tenerte porque eres muy testaruda.

–No soy testaruda, es que no me interesas.

–Te sientes atraída por mí, pero has luchado contra ese sentimiento desde el principio. Sientes lo mismo que yo, pero lo niegas. Te crees superior a mí porque te has negado el sexo a ti misma –Bastien esbozó una sonrisa de lobo–. Pero pronto tendrás que reconocer que no puedes apartar las manos de mí.

Lilah lanzó sobre él una mirada de desprecio.

–Te harás viejo esperando.

Bastien se irguió antes de dar un paso adelante, como un predador acechando a su presa.

–No me mantengas en suspense. ¿Opción dos u opción tres?

–Tres, aunque te advierto que has elegido a la mujer equivocada.

–Tres –repitió él, saboreando esa palabra con inmensa satisfacción–. ¿En qué sentido eres la mujer equivocada?

–No tengo la experiencia que tú esperas –respondió Lilah, turbada por su cercanía y luchando contra el deseo de dar un paso atrás.

–Yo tengo experiencia suficiente por los dos –replicó Bastien–. ¿Quieres decir que no has disfrutado de esa parte de tu naturaleza a menudo?

–No he disfrutado nunca –respondió ella, negándose a mostrarse avergonzada–. Soy virgen.

Bastien dio un paso atrás, sus facciones rígidas de sorpresa.

–¿Es una broma?

–No, no lo es. He pensado que deberías saberlo, en caso de que eso fuera un problema para ti.

–¿Estás diciendo la verdad? ¿Eres virgen?

Lilah se puso colorada, pero mantuvo su mirada sin arredrarse.

–Sí.

–Sí es verdad, no es ningún problema para mí. Al contrario, me excita más que nada –le confesó Bastien, sorprendiéndose a sí mismo.

En realidad, nunca había estado con una virgen. Cuando era adolescente sus parejas siempre eran mayores que él porque no le interesaban las chicas inocentes. Nunca se había sentido atraído por mujeres muy jóvenes e inmaduras. Además, le gustaba mucho el sexo y no tenía tiempo para aquellas que pusieran límites a una experiencia que él veía como algo natural.

Sin embargo, algo extraño estaba ocurriendo porque cuando esos mismos límites se aplicaban a Delilah se alegraba de su inocencia... incluso más ante la idea de ser su primer amante. No entendía por qué ya que nunca había sido un hombre posesivo. Jamás se había sentido inseguro de su habilidad en el dormitorio y no temía las comparaciones.

Frunció el ceño, intentando entender el misterio

de su alegría ante ese anuncio, hasta que la respuesta le pareció evidente. Lo que encontraba tan atractivo era la novedad. Por supuesto, sería algo diferente, algo nuevo y fresco.

–Es asqueroso –el tono furioso de Lilah interrumpió sus pensamientos–. ¿Cómo puedes admitir algo así?

Incómodamente excitado, Bastien querría demostrarle lo que sentía, pero sabía que no era el momento. El brillo angustiado en los ojos azules le advertía que si le daba munición suficiente Lilah saldría corriendo.

–Quiero que firmemos un acuerdo de confidencialidad –empezó a decir, intentando ser práctico–. Eso significa que no podrás hablar sobre nuestra relación ni en público ni en privado.

Ella arrugó la nariz en un gesto de desagrado.

–No creo que quisiera hablar con nadie de ello –murmuró, con los nervios agarrados al estómago.

–A cambio, compraré una casa para tu padre y su familia...

–No –lo interrumpió Lilah–. No quiero que mi familia sospeche nada sobre mi supuesto trabajo contigo y si empiezas a tirar dinero sin duda sospecharían. Dale a mi padre un puesto de trabajo para que pueda mantener a su familia, nada más –le dijo, orgullosa.

–Quiero que vengas a Londres conmigo mañana.

–¿Mañana?

–Llamaré a tu padre para decirle que te has unido a mi equipo. Puedes irte a casa para hacer las maletas, pero cenaremos en mi hotel esta noche.

–Lo siento, pero he quedado con unos amigos.

–¿Para hacer qué? –demandó él, impaciente.

–Para cenar y ver una película.

Bastien apretó los sensuales labios, a punto de decir que en el futuro no haría nada sin su permiso. La satisfacción que experimentaba al pensar eso era asombrosa, pero no necesitaba sacar el látigo aquel mismo día, ¿no? Lilah pronto sería suya y no la compartiría con nadie.

¿Era ese un pensamiento posesivo? No, se dijo a sí mismo. Había esperado mucho tiempo para estar con Delilah y quería tener toda su atención. Él no era un hombre posesivo. Aun así, ya que Delilah iba a formar parte de su vida como no lo había hecho ninguna otra mujer, se aseguraría de que estaba protegida pidiéndole a un miembro de su equipo de seguridad que la vigilase discretamente.

Lilah observó a Bastien sacar su móvil del bolsillo y hablar con alguien en griego.

–Mi chófer te llevará a casa –le informo después– y luego traerá a tu padre aquí.

Todo era tan frío, tan impersonal. Nada de lo que había dicho lo había hecho cambiar de opinión. Bastien Zikos ni lamentaba ni cuestionaba sus métodos. La deseaba y le daba igual cómo la tuviese. La pasión que debía empujar ese deseo por ella la hacía temblar.

Bastien tomó entonces su mano.

–Nos veremos mañana en el avión. Seguramente es mejor que salgas con tus amigos esta noche, será más fácil para todos.

–Desde luego será más fácil para ti si mi padre no se entera de nada –replicó Lilah.

–¿De verdad crees que me importa su opinión? Somos adultos y lo que hagamos en privado es asunto nuestro –Bastien tomó su otra mano para empujarla hacia él–. Solo asunto nuestro –repitió con voz ronca, inclinando la arrogante cabeza para rozar sus labios con la lengua en una provocativa caricia que despertó un cosquilleo entre sus piernas.

–Estamos en la oficina –protestó Lilah.

–Solo es un beso –dijo Bastien con voz ronca, deslizando la lengua entre sus labios con un ansia que la incendió.

«Solo un beso».

Lilah, temiendo que le fallasen las piernas, tuvo que agarrarse a sus brazos, consternada al pensar que en el futuro tendría que darle mucho más que un beso.

La caricia se volvió dura y exigente, provocando una sensación parecida a una descarga eléctrica que despertó su cuerpo como nunca. Sus pezones rozaban la tela del sujetador y sintió una erótica humedad entre las piernas. Era un deseo fiero que no había sentido jamás y se avergonzaba de tan traidora respuesta.

Bastien la empujó hacia su estómago, la dura erección contenida solo por la barrera de la ropa, y Lilah experimentó una oleada de calor.

–No debería empezar algo que no puedo terminar –murmuró Bastien.

Buscando algo que decir, cualquier cosa que la distrajera, Lilah se detuvo en la puerta.

–¿Puedo llevar a mi perro conmigo?

–No, nada de mascotas. Deja al perro con tu familia.

–No puedo, a mi madrastra no le gustan los perros. Es muy pequeño y tranquilo, no molestará en absoluto –le aseguró Lilah, mintiendo porque Skippy era pequeño, pero nada tranquilo.

Bastien frunció el ceño.

–Muy bien, de acuerdo, pero no irá con nosotros en el avión. Llamaré a una empresa especializada en transporte de animales –anunció después de una pausa–. Y cuando lleguemos a Francia, aléjalo de mí.

–¿A Francia?

–Nos iremos a Francia pasado mañana.

Lilah no dijo nada. Le dolía haber sucumbido al beso. ¿Cómo podía seducirla de ese modo? No estaba preparada para eso. Tal vez, ingenuamente, había pensado que su amargura la protegería, pero no era así.

Bastien había comprado su aquiescencia con un puesto de trabajo para su padre y la promesa de no cerrar la empresa. ¿No veía lo terrible que era eso? ¿No se daba cuenta de que al reducirla a algo que podía comprarse hacía que lo odiase? ¿No le importaba?

¿Pero por qué iba a importarle? Bastien solo quería sexo y no podía tenerlo con ella de otro modo. No estaba interesado en ella en realidad, ni en sus sentimientos. Le daba igual y a ella también debería darle igual, se dijo a sí misma, desafiante. Desear algo que no iba a tener solo serviría para sentirse más humillada. Él no le ofrecería amabilidad o cariño para salvar la cara; no habría romance ni cumplidos. No iba a mentir para que aquello pareciese algo más que sexo.

Por la noche, tras el remolino de preparativos y explicaciones en casa, Lilah salía del cine con Josh, un hombre alto y atractivo de pelo castaño y ojos verdes, y dos parejas más, Ann y Jack y Dana y George. No había nada mejor que unos cuantos sustos para disipar la tensión, tuvo que reconocer mientras bromeaba con Ann sobre la película de terror que acababan de ver.

–Creo que haces lo que debes –dijo Josh–. Repuestos Moore era demasiado poco para ti y trabajar con un empresario internacional te aportará mucha más experiencia.

Lilah se puso colorada, pero intentó disimular. Sus amigos se habían creído esa mentira igual que su familia...

–Supongo que sí.

–Sin embargo, es mal momento para mí –de repente, Josh tomó sus manos–. Te marchas ahora, cuando estaba a punto de pedirte que salieras conmigo.

–¿Qué? –exclamó Lilah, sorprendida.

–Imagino que te habrás preguntado alguna vez cómo sería salir juntos.

Lilah no sabía qué decir porque nunca se lo había preguntado.

–Solo un beso –murmuró Josh, acercándose un poco más.

Lilah se puso tensa, preguntándose por qué sentía como si tuviera el cartel de *Propiedad de Bastien Zikos* grabado en la frente.

–No, Josh –murmuró, poniendo las manos en su torso.

Pero como no se atrevía a empujarlo de verdad, él la besó y Lilah sintió lo que sentiría un maniquí... absolutamente nada. Porque aunque le caía bien y disfrutaba de su compañía, nunca había sentido nada por Josh.

–Mientras estás fuera, piensa en la posibilidad –sugirió él, poniendo una mano en su espalda para llevarla hacia el aparcamiento.

–No, de verdad –Lilah se preguntaba cómo se podría decirle a un hombre que no te gustaba sin hacerle daño.

–Qué corte –dijo Ann en voz baja, mirándola con simpatía.

Cuando Lilah entró en casa se quedó sorprendida por la expresión de auténtica felicidad en el rostro de su padre. Bastien lo había llamado por teléfono y eso la preocupaba.

–¿Todo bien, papá?

–Mejor que bien –respondió él, antes de contarle que Bastien Zikos lo había contratado como gerente de la empresa y que él había aceptado encantado–. Estoy empezando a entender cómo se ha hecho rico tan pronto. Es muy astuto y ha encontrado una forma de favorecer a la empresa cuando nadie más se había dado cuenta.

–¿Qué forma? –preguntó Lilah con el ceño fruncido.

–Bastien conoce los planes del ayuntamiento para el desarrollo de la localidad. Va a vender el solar por una enorme cantidad de dinero y volverá a levantar la fábrica a las afueras del pueblo, así conseguirá una subvención. Es muy inteligente.

–Por el amor de Dios –murmuró Lilah, sorprendida y airada.

No solo la conseguía a ella, envuelta como un regalo, sino que también iba a conseguir beneficios económicos. Y eso la enfurecía más que nada.

Capítulo 4

LILAH subió al jet privado de Bastien con la cabeza bien alta. No iba a mostrar la vergüenza que sentía. Ella no era víctima de nadie. Era su decisión, se recordó a sí misma. Bastien había impuesto esas odiosas opciones, pero ella había tomado la decisión de aceptar y se alegraba de sacrificarse por su familia.

Su padre iba a ser el gerente de una empresa que amaba y de ese modo superaría su depresión. Por el momento, Vickie y él seguirían en su pequeña casa porque estaba cerca de la guardería de Ben. Seguramente ninguno de los dos podía creer que su suerte había cambiado. Habiendo perdido todo recientemente, quizá temían que ocurriera otro desastre y era comprensible.

Tenía los ojos llenos de lágrimas cuando se despidió de sus hermanos por la mañana porque no sabía cuándo volvería a verlos. ¿Una amante tenía tiempo libre? ¿Tendría algún derecho?

Bastien apoyó la arrogante cabeza en el respaldo del asiento para mirar a Delilah caminando por el pasillo. Se había hecho la trenza otra vez para esconder su atractivo, pero a él no podía engañarlo. No podía esconder su elegancia, su delicada complexión o el brillo juvenil de sus ojos azules. Y cuando se quitó la chaqueta, revelando una camisa blanca que se pegaba a sus pechos como una segunda piel, los pantalones empezaron a resultarle incómodos.

Esa noche, pensó, impaciente, por fin se libraría del estado de perpetua excitación que Delilah infligía en él. Pero era virgen... ¿sería verdad? ¿No merecía eso cierta consideración?

¿Desde cuándo era él considerado?, se preguntaba, molesto, mientras Delilah intentaba pasar a su lado para sentarse con los demás empleados.

–Siéntate conmigo –le ordenó, tomándola por la muñeca. Quítate esa horrible chaqueta y suéltate el pelo.

–¿Y si me niego?

–Entonces lo haré yo mismo –respondió él sin vacilación.

Lilah sintió que le ardía la cara y bajó la mirada para esconder su indignación porque sabía que los empleados estaban escuchando desde el otro lado del avión. Seguramente estarían preguntándose qué hacía allí... y su curiosidad acababa de ser satisfecha.

Tensa, se quitó la chaqueta y levantó las manos para soltarse el pelo antes de sentarse al lado de Bastien, los rizos oscuros cayendo por sus hombros.

–Ah, de nuevo estás preciosa, *koukla mou*.

–¿Va a ser así con todo? ¿Tengo que hacer las cosas como tú digas?

–¿Tú qué crees?

–Una vez pensé que eras hombre suficiente como para no tener que controlar a una mujer.

De repente, Bastien esbozó una inesperada sonrisa, como si la pulla no le hubiese afectado.

—El problema es que me gusta controlarte.

Lilah se quedó sin oxígeno. Nunca había sido una persona temperamental hasta que conoció a Bastien, que la hacía apretar los dientes cada vez que abría la boca.

—¿Por qué deseas a una mujer que no te desea a ti? ¿O es eso precisamente lo que te excita?

Esa sugerencia indignó a Bastien porque la aversión de una amante lo habría horrorizado.

—No, tú me excitas, pero te aseguro que también puedes enfadarme.

—¿Ah, sí? —susurró Lilah, con los ojos brillantes.

Con intención de intimidarla, Bastien inclinó la cabeza para buscar sus labios. Lilah no podía respirar, pero en ese momento no quería hacerlo. Le daba vueltas la cabeza y un deseo prohibido despertaba como un huracán dentro de ella.

Durante unos segundos, Bastien estuvo a punto de tomarla en brazos para llevarla al dormitorio del jet, pero le haría daño... estaba demasiado excitado como para controlarse. Además, el viaje a Londres era corto y aterrizarían pronto.

De modo que se apartó de ella, dolido por la fuerza de su deseo.

—Me deseas —dijo entre dientes, mirando sus labios hinchados—. Me deseas desde el principio, *koukla mou*.

Lilah giró la cabeza para mirar por la ventanilla, preguntándose por qué sentía la necesidad de enfadar a Bastien cuando no servía de nada.

Pero tenía que enfrentarse con una verdad que no

se atrevía a examinar: desde el día que conoció a Bastien se había sentido atraída por él y el deseo que despertaba en ella era primitivo y aterrador. En realidad, daba igual quién fuera o cómo fuera porque su cuerpo había despertado a la vida y en su cerebro aparecían nuevas y turbadoras imágenes eróticas cada vez que estaban juntos.

No sabía que una atracción pudiera ser tan inmediata y poderosa y jamás había sospechado que un hombre podría afectarla de ese modo. Además, sabía que si Bastien hubiera sido menos sincero seguramente no habría conseguido seducirla.

La auxiliar de vuelo, una bonita rubia, les ofreció dos copas mientras intentaba flirtear con él, pero Bastien la ignoró, sin mirarla directamente en ningún momento.

–¿Dónde vamos? –preguntó Lilah cuando aterrizaron.

–De compras. Y mañana iremos a París, tengo una reunión allí.

–¿De compras? –repitió ella, sorprendida.

Bastien se encogió de hombros, sin responder.

Lilah vio a la auxiliar de vuelo estudiándola con envidia y pensó: «si tú supieras...».

¿Pero era esa la verdad?, se preguntó mientras recorrían las calles de Londres en una impresionante limusina. Bastien había cumplido sus promesas, de modo que era dueño de su cuerpo durante... no sabía cuánto tiempo. Esa interpretación la hacía parecer una víctima, pero debía admitir que las perfectas facciones masculinas y su atlético cuerpo la hacían temblar de deseo.

Era increíblemente atractivo y, tomando en consideración su reputación como mujeriego legendario, seguramente una larga lista de mujeres estaría de acuerdo con ella.

Fueron atentamente recibidos en la puerta de una famosa tienda de moda y subieron en un ascensor con un estilista, una compradora personal y varios ayudantes. Evidentemente, Bastien ya había dejado claras sus preferencias y los llevaron a una sala privada donde la esperaba una enorme selección de vestidos y trajes de los más famosos diseñadores.

Probarse un montón de vestidos para Bastien no podía ser lo peor que le había pasado nunca, pero si que hiciera de modelo para él era un plan para irritarla lo había conseguido. Tener que pasearse con ropa elegida personalmente por él la sacaba de quicio.

Enfadada, salió del probador con un vestido de seda azul que se pegaba a su cuerpo como papel film.

Bastien se arrellanó cómodamente en un sillón para disfrutar del espectáculo, su mirada de bronce clavada en Delilah, experimentando una extraña sensación de alegría. Sonrió al ver que trastabillaba sobre los altos tacones a los que no estaba acostumbrada. El vestido no le gustaba, era demasiado revelador. El único sitio en el que Delilah debería mostrar tanta piel era en el dormitorio, en *su* dormitorio.

El siguiente modelo era un conjunto de falda y chaqueta en color rosa pálido que hacía un contraste precioso con su pelo oscuro. Lo que le faltaba en curvas lo compensaba con una clase y una delicadeza que le parecían increíblemente femeninas. Tenía un

rostro maravillosamente expresivo en el que se refle-
jaba lo que pensaba o sentía en cada momento. Y eso
era lo que más le gustaba, aunque ella no parecía
darse cuenta.

–No pienso probarme ropa interior –le advirtió Lilah entonces, con un brillo de furia en los ojos azules.

–No es un ningún problema –le aseguró él–. De-
jaremos eso para el dormitorio, *glikia mou*.

Lilah se puso lívida.

–No, eso no es para mí. Si eso es lo que quieres,
te has equivocado de mujer.

–Eres perfecta para mí –le aseguró Bastien.

–Pues lo siento, pero no es un cumplido que pueda
devolver –replicó ella–. No tenemos nada en común.
Si lo que quieres es una muñeca que haga todo lo que
tú deseas no cuentes conmigo.

Bastien se levantó, mirándola desde su altura con
los ojos oscurecidos.

–No es eso lo que quiero.

–¿Ah, no? ¡Evidentemente quieres una mujer su-
misa, pero yo no lo soy! –exclamó Lilah, furiosa–.
De hecho, soy más dada a discutir cuando me dan órdenes o hacen demandas poco razonables y tú eres el
rey en ese departamento.

–Estás malinterpretando todo lo que digo...

–¿Ah, sí? –Lilah puso los ojos en blanco–. Quieres controlar hasta la ropa que me pongo. Es ridículo.

–Eso no es verdad. Tú eres más bien... una joya
que quiero pulir y colocar en su sitio. No quiero que
lleves ropa barata, quiero verte brillar.

Lilah lo miró, desconcertada. Solo quería sexo con

ella. Había sido brutalmente sincero sobre eso. ¿Qué tenía que ver la ropa con un deseo tan básico? ¿Por qué le importaba lo que llevase puesto?

Al final de la tarde se había probado tantos vestidos que perdió la cuenta. ¿Pensaba mantenerla a su lado para siempre?

¿Cómo y cuándo iba a ponerse ese amplio vestuario? Bastien era un hombre famoso por no estar más de un mes con una mujer y, sin embargo, había comprado conjuntos para todo un año. Ropa para todas las ocasiones y todas las temporadas.

–Volveremos al hotel para cenar –anunció Bastien, como si no hubiera pasado nada.

Lilah volvió al probador, pensativa. Por un lado quería negarle todo a Bastien, pero por otro quería darle lo que quería para que se sintiera feliz. Después de todo, ¿cuánto valía su orgullo cuando recordaba la recuperada alegría de su padre?

Lo que Bastien había dado podía retirarlo, pensó, temerosa. Dándole un trabajo a su padre había revitalizado su confianza y debería sentirse agradecida, se dijo a sí misma. Pero no valía de nada, ella era demasiado idealista. Al contrario que Bastien, quería que el sexo fuese acompañado de romance y compromiso.

Poco después estaban en la espaciosa suite de un exclusivo hotel. Había dos dormitorios y Bastien se detuvo en el umbral de uno de ellos para decir:

–Esta es tu habitación. Me gusta tener mi propio espacio.

Era un alivio no tener que compartir dormitorio y conservar algo de privacidad, pensó Lilah mientras dos botones entraban en la habitación con su nuevo vestuario y una colección de maletas de diseño.

Bastien tomó el teléfono que le ofrecía uno de sus ayudantes y empezó a hablar en rápido francés mientras llamaba a su equipo con un gesto impaciente. Se había olvidado de ella a una velocidad vertiginosa.

Sus ayudantes se movían por la suite, usando teléfonos y tabletas para seguir las rápidas instrucciones de Bastien. Un nombre era repetido varias veces: Farmacéutica Dufort.

Lilah se quitó los zapatos y encendió la televisión. La elegante cena que había esperado en compañía de Bastien no se materializó. En lugar de eso, una hora después aparecieron dos camareros empujando sendos carritos para dar de cenar a un grupo de hombres más interesados en seguir hablando por teléfono que en comer.

—¡Delilah! —la llamo Bastien por fin—. Come algo, es muy tarde y debes estar hambrienta.

—Así es —admitió ella. Cuando entró descalza en el salón para tomar el plato que le ofrecía se sorprendió por la diferencia de estatura. Se sentía como una niña a su lado.

—Ha aparecido una oportunidad de negocios fabulosa —le contó Bastien, estudiando su cabello despeinado y sus diminutos pies. Admiraba esa falta de vanidad que le permitía relajarse en su presencia. No tenía intención de impresionarlo y la respetaba por ello.

—Ya me lo imaginaba —comentó Lilah, contenta de no ser su foco de atención.

Bastien frunció el ceño mientras la observaba sentarse en el sofá para seguir viendo un programa en televisión. Sencillamente, aceptaba que los negocios eran lo primero para él sin ofenderse o exigir atención. Sin embargo, viéndola relajada en el sofá, comiendo con apetito, se preguntó si era él quien debería ofenderse. No era precisamente un cumplido que no le hiciese ningún caso.

Aburrida una hora después, Lilah apagó la televisión y volvió a ponerse los zapatos. Era demasiado temprano para irse a la cama y estaba inquieta.

—¿Dónde vas? —le preguntó Bastien.

—A dar un paseo.

Estaba subiendo al ascensor cuando, para su sorpresa, uno de los miembros del equipo de seguridad de Bastien se reunió con ella.

—¿Bastien teme que salga corriendo? —le preguntó, frustrada.

—Me temo que tendrá que aguantarme —respondió el hombre—. Tengo instrucciones de no dejarla sola ni un momento.

—¿Cómo te llamas?

—Ciro.

—Yo soy Lilah —dijo ella, sabiendo que no debía enfadarse con Ciro, que solo estaba haciendo su trabajo.

Un pianista tocaba en el bar, donde Lilah se sentó y pidió una copa de vino. Ciro se sentó a unos metros de ella, por suerte dejándola en paz. Deseando haber llevado un libro o algo para entretenerse, decidió llamar por teléfono a su padre.

Robert Moore no dejaba de hablar sobre los planes de Bastien para la empresa, las ventajas del nuevo solar que había elegido...

Llamó luego a Vickie, quien le aseguró que Skippy estaba muy tranquilo cuando fueron a buscarlo por la mañana.

Estaba guardando el móvil en el bolso cuando una mujer rubia se sentó frente a ella. Lilah la miró, desconcertada.

—Estás con Bastien Zikos, ¿verdad?

—¿Perdona?

—Soy Jenny Gower y escribo artículos en la revista *Daily Pageant* –respondió la rubia alegremente, dejando una tarjeta sobre la mesa–. Este es mi número de teléfono, llámame cuando quieras. Bastien es uno de los favoritos de nuestras lectoras y nos gusta estar al día sobre sus novias.

De modo que era una reportera...

—No tengo nada que decir.

—No seas tímida. Pagamos generosamente por cualquiera información.

De repente, Ciro apareció a su lado.

—Estás hablando con una periodista.

—Ya lo sé. Estaba a punto de marcharme.

Lilah se levantó.

—El señor Zikos odia los cotilleos –le advirtió Ciro–. Será mejor que no le cuentes lo que ha pasado.

Cuando volvió a la suite, Bastien estaba despidiendo a sus ayudantes.

—Pensaba bajar para reunirme contigo.

Lilah se apartó y él tuvo que contener su disgusto al ver esa mirada de aprensión. Las mujeres no se alejaban de él, lo deseaban. Debía estar contando la verdad sobre su inexperiencia, decidió. Solo la ignorancia podía explicar tal actitud, pero era hora de demostrar que no tenía nada que temer.

–¿Quieres una copa?

–No, gracias –respondió ella, sin mirarlo.

Bastien cruzó la habitación en dos zancadas y la tomó entre sus brazos. Dejando escapar un gemido, Lilah se removió como una anguila; su pelo, que olía a coco, rozando su cara.

–Relájate.

–¡Lo dirás de broma!

–Dijiste que eras virgen, pero no me dijiste que fueras una histérica.

Lilah se quedó inmóvil. Estaba exagerando, tuvo que reconocer. Evidentemente, Bastien iba a tocarla, de modo que no debería asustarse como una cría.

–No estoy histérica –protestó.

–Pues quién lo diría –Bastien se dejó caer sobre un sillón, sin soltarla.

–Es que me has asustado. No me lo esperaba.

–Y no pienso disculparme por ello –murmuró él mientras bajaba la cremallera del top.

–Ah –Lilah se quedó sorprendida al encontrarse en sujetador así, de repente.

Bastien pasó la mano por su estrecha cintura, sujetándola mientras movía urgentemente los labios sobre la pálida piel de su cuello.

El corazón de Lilah golpeaba con fuerza sus costillas y un escalofrío la recorrió de arriba abajo cuando sintió sus dientes entre el cuello y el hombro, en esa zona tan sensible. El erótico asalto fue seguido del roce húmedo de su lengua...

Abrió mucho los ojos, sus pupilas dilatándose

cuando los escalofríos de placer la impidieron respirar. Bastien la levantó sin miramientos para colocarla a horcajadas sobre sus piernas, la falda por la cintura.

Luego introdujo la lengua en su boca en un beso que la hizo temblar. El sujetador le apretaba y la sensación en la pelvis era casi dolorosa, pero él seguía besándola, obligándola a abrir los labios y empujándola hacia abajo para que sintiera su dura erección entre las piernas.

–Bastien, yo...

Esos ojos dorados acentuados por largas pestañas negras la silenciaron. Tenía unos ojos tan bonitos. Se le quedó la mente en blanco por la intensidad del encuentro, por lo que la hacía sentir.

Ni siquiera se dio cuenta de que le había quitado el sujetador hasta que sintió las manos masculinas sobre sus pechos. No tuvo tiempo de preocuparse por su pequeño tamaño porque Bastien la acariciaba con dedos expertos, despertando un incendio en su interior mientras apretaba la delicada piel de sus pezones entre el índice y el pulgar.

–Tienes unos pechos preciosos –dijo con voz ronca, inclinándola hacia atrás y sujetándola con un brazo para capturar un hinchado capullo entre los dientes–. Y eres tan sensible, *koukla mou*...

Lilah tenía que hacer un esfuerzo para respirar mientras él la mecía sobre su poderoso cuerpo, los húmedos pliegues conectados con su erguido miembro. La sensación en su útero se volvió insoportable cuando puso una mano sobre las bragas, provocando un calor irresistible. Bastien introdujo un dedo por un lado de la prenda para acariciar el tierno capullo de su clítoris y Lilah dejó de pensar. Su cuerpo anhelaba esas sensaciones nuevas; estaba viviendo un momento embriagador.

Cuando rozó su húmeda entrada con un dedo, apoderándose al mismo tiempo de un tierno pezón con los labios, sus terminaciones nerviosas se volvieron locas.

—Quiero ver cómo llegas, Delilah —dijo con voz ronca.

Y ella no pudo contener la explosión de emoción. En unos segundos estaba gritando de gozo, temblando por el salvaje placer que provocaban sus sabios dedos. Exhausta después, apoyó la cabeza en su hombro, incrédula. No sabía que su cuerpo pudiera reaccionar de forma tan poderosa que aún sentía como si estuviera deshaciéndose. Bastien olía a colonia cara, a testosterona y a hombre limpio. Y, en ese momento, era el aroma más excitante que había respirado jamás.

Bastien experimentó un extraño deseo protector cuando Delilah apoyó la cabeza en su hombro. Lamió sus dedos, su sabor único excitando como nunca. Pero quería más, mucho más. Tanto que no se atrevía a tocarla hasta que se hubiera calmado un poco. Desgraciadamente, él nunca había sido un hombre paciente.

Se levantó, sin soltarla, y la llevó al dormitorio para dejarla sobre la cama.

—Nos vemos por la mañana.

Consciente del aire fresco sobre sus pechos desnudos, Lilah se cruzó de brazos en un gesto defensivo y miró a Bastien con sorpresa mientras encendía la lamparita.

¿Ya estaba? ¿No iba acostarse con ella para terminar lo que había empezado?

Sintió que se ruborizaba cuando sus ojos se encontraron.

–Pero...

–Esta noche era para ti, no para mí –dijo él, dirigiéndose a la puerta, pero deteniéndose un momento para mirarla con esa sonrisa tan carismática–. ¿Sabes lo más raro?

–No –susurró Lilah, hipnotizada por la perfección de sus esculpidas facciones.

–Lo que acabamos de hacer... –empezó a decir Bastien con una sonrisa burlona– ha sido la experiencia más inocente que he compartido con una mujer.

Cuando la puerta se cerró ella levantó las cejas. ¿Inocente? ¿Cómo podía tal intimidad ser inocente? ¿De qué estaba hablando?

Temblando, saltó de la cama y entró en el cuarto de baño, pero le costaba trabajo poner un pie delante de otro. Estudió su imagen en el espejo, disgustada consigo misma. Tenía el cabello despeinado, se le había corrido el rímel y estaba medio desnuda...

Dejando escapar un suspiro de vergüenza, se quitó las pocas prendas que le quedaban antes de entrar en la ducha. Pero incluso bajo el chorro de agua fresca su cuerpo ardía en los sitios donde Bastien la había tocado.

Lilah sintió un escalofrío, y no de disgusto, ante la idea de que volviese a hacerlo. Y reconocer eso fue suficiente para que diese vueltas y vueltas en la cama durante casi toda la noche.

Capítulo 5

PUEDO hablar un momento con usted, señor Zikos?

Manos, su jefe de seguridad, entró en la suite a medianoche, mientras Bastien estaba trabajando. El hombre parecía incómodo.

–¿De qué se trata?

–De la señorita Moore.

Unos minutos después, cuando Manos le dijo que Delilah había estado con un hombre la noche anterior, el buen humor de Bastien desapareció, reemplazado por una furia ciega.

Aunque no debería sorprenderlo. Después de todo, ¿cuántas veces lo había decepcionado una mujer? ¿Cuántas veces le habían mentido y engañado? ¿Cuántas veces habían fingido emociones para impresionarlo? Demasiadas veces, tuvo que admitir cínicamente. Pero que él supiera, ninguna de sus amantes lo había engañado nunca con otro hombre.

Estaba advertido, se dijo. Y si Delilah había estado con otro hombre recientemente, ya no la deseaba, ¿no? Debería haber hecho que la siguieran hasta su casa para saber cómo había terminado la noche.

Frustrado, Bastien apretó los puños. ¿Virgen? Por supuesto que Delilah no era virgen. Evidentemente, había inventado esa historia para hacer que se sintiera culpable mientras ella se hacía la víctima. Y a él no le gustaban las víctimas como no le gustaban las relaciones. Delilah Moore era tóxica para él. ¿No lo había sospechado dos años antes? ¿Cuándo había deseado tanto a una mujer? Un deseo tan profundo no podía ser sano.

Bastien se dirigió a una exclusiva discoteca para buscar compañía femenina. Tenía que demostrarse a sí mismo que no le importaba lo que había descubierto sobre Delilah. No era especial, se decía, furioso, mientras tomaba la tercera copa. Era como cualquier otra mujer, inmediatamente reemplazable.

Una vez en la discoteca, rodeado de hermosas mujeres dispuestas a atraer su atención, intentó sentirse atraído por una rubia, pero le pareció demasiado voluptuosa. Por una morena que tenía los ojos demasiado juntos, por una pelirroja que reía como una hiena. Otra llevaba un vestido de flores horrible y otra tenía los pies enormes...

Delilah tenía unos pequeños, delicados y femeninos. Era la primera vez que se fijaba en los pies de una mujer, pero los de Lilah eran preciosos, con deditos diminutos y uñas pulidas como perlas.

Mientras pedía una cuarta copa se preguntó por qué estaba pensando en pies y por qué seguía solo. ¿Por qué demonios se había vuelto tan exigente? Cualquier mujer atractiva valdría. ¿No había creído siempre eso? No podía seguir deseando a una mujer que lo había engañado.

¿Qué iba a hacer con Delilah?

Tenía que hablar con ella y ese extraño deseo lo

incomodó. Después de todo, él siempre había evitado las discusiones y nunca, jamás, había discutido con las mujeres con las que se acostaba. ¿Por qué iba a discutir cuando las mujeres que lo fastidiaban desaparecían inmediatamente de su vida?

Enviaría a Delilah de vuelta a casa y se olvidaría de ella de una vez por todas...

Lilah despertó, sobresaltada, cuando la puerta del dormitorio se abrió abruptamente. Sorprendida, se sentó en la cama y, al ver la silueta de Bastien frente a la puerta, sintió una oleada de aprensión.

Él encendió la luz, cegándola momentáneamente, y entró en la habitación. Sus facciones duras, feroces, los ojos brillando sobre unos pómulos cubiertos de un oscuro rubor. El miedo hizo que se le encogiera el estómago y levantó las rodillas en un gesto defensivo.

–Quiero hablar contigo.

Bastien cerró de un portazo y Lilah tragó saliva.

Olía a alcohol, de modo que había estado bebiendo. Por primera vez, Lilah pensó que sabía muy poco sobre Bastien Zikos; básicamente lo que había leído en internet. ¿Bebía mucho? ¿Estaba borracho? ¿Era un hombre violento?

–Deja de mirarme así –dijo él, estudiándola con los ojos entrecerrados.

–¿Así cómo? –preguntó ella, tapándose con el edredón.

–Como si estuvieras asustada. Jamás le haría daño a una mujer.

Lilah intentó esbozar una sonrisa.

–Pero has entrado tan bruscamente... me has asustado.

Bastien era aterrador en ese momento. Era muy alto, musculoso, y aunque tenía la belleza de un ángel caído, sus ojos oscuros tenían un brillo helado que la intimidaba.

–Quiero que me digas dónde estuviste anoche y con quién –dijo Bastien entonces, dando un paso adelante.

–Salí con un grupo de amigos –respondió Lilah, sorprendida–. Fuimos a cenar y al cine.

–¿Normalmente besas a tus amigos y luego te vas a su casa después de cenar? –insistió Bastien.

Ella lo miró, perpleja.

–¿Cómo sabes que hubo un beso?

Bastien, que la observaba atentamente, vio que sus mejillas se habían cubierto de rubor y, sobre todo, vio un brillo de resentimiento en sus ojos. Pero en ellos no parecía haber sentimiento de culpa.

–Uno de mis hombres estuvo vigilándote, pero te perdió cuando subiste al coche de ese hombre.

Lilah no podía decir nada porque estaba totalmente desconcertada. ¿La había vigilado incluso antes de salir del pueblo? ¿Cómo se atrevía?

–No tienes ningún derecho a vigilarme.

–Desde que has entrado en mi vida tengo ese derecho. ¿Pasaste la noche con él?

Lilah hizo un esfuerzo para contener su enfado.

–Josh me dejó en casa. Solo hubo un beso, nada más –frunció el ceño, molesta por su desconfianza–. Nunca me había besado y no lo esperaba.

–Pero no se lo impediste.

–No iba a abofetearlo en plena calle. Josh es mi amigo.

–Ahora eres mía –anunció Bastien con voz ronca–. No toleraré que ningún otro hombre te toque.

–Es un amigo y los demás estaban delante, no quería hacerle ese feo –insistió ella–. No quería montar una escena en plena calle. Y no quiero que nadie me espíe.

–Lo siento, pero tiene que ser así. Es por mi tranquilidad y tu protección.

–Yo no necesito protección.

–Esa es mi decisión –decretó Bastien, apagando la luz.

–Un momento...

–¿Qué?

–A veces me sacas de quicio.

–Lo mismo digo.

Bastien estudió la pequeña figura en la cama y luego, de repente, apartó el edredón.

–¿Qué haces? –exclamó Lilah.

–Quiero estar donde pueda vigilarte.

–Pero dijiste que tendría mi propia habitación –le recordó ella, sin aliento.

–He cambiado de opinión –Bastien se quitó la chaqueta, que tiró sobre una silla–. Voy a darme una ducha.

Lilah se hizo una bola en una esquina de la cama, demasiado cansada como para discutir. Además, sabía que no serviría de nada.

Bastien pensaba que se había acostado con Josh. ¿La había creído cuando le contó la verdad? ¿Le importaba que la creyese o no?

Era tan imprevisible. Había pensado que era un

hombre frío y distante, pero estaba equivocada. Era... un hombre demasiado complicado.

La llegada de un camarero con un fabuloso desayuno despertó a Lilah a la mañana siguiente. Miró la marca en la almohada a su lado y se maravilló de haberse quedado dormida con Bastien a su lado. A pesar de su presencia había dormido como un tronco.

Tantos años dando un paso atrás para protegerse la habían hecho mojigata e ingenua. Para Bastien no había ocurrido nada importante entre ellos. ¿Por qué si no calificaría el episodio de «inocente»? Y si él no se sentía avergonzado, ¿por qué iba a estarlo ella?

Estaba tomando un cruasán de chocolate cuando Berdina, una de las ayudantes, entró para decir que Bastien estaba en una reunión y que después de hablar con su abogado se irían a París.

Mientras se preguntaba por qué tenía que hablar con un abogado, Lilah guardó su nuevo vestuario en las maletas y eligió un abrigo azul eléctrico a juego con un vestido del mismo color. Esos vestidos de diseño eran una especie de *atrezzo* para ayudarla a interpretar un papel, se dijo a sí misma. El papel que le pagaba por hacer. Bastien iba a reabrir Repuestos Moore y a devolver sus puestos de trabajo a todos los empleados, incluido su padre. Ese era el precio. Por eso estaba con él.

Tenía que recordar esa realidad. No había nada complicado en el acuerdo. Bastien lo había dejado perfectamente claro desde el principio: la deseaba y había encontrado la forma de persuadirla para que aceptase sus demandas. Había demostrado que tenía un precio y Lilah dudaba que pudiese perdonarlo algún día por ello.

Cuando salió del dormitorio, un abogado estaba esperando con el contrato de confidencialidad que había aceptado firmar por la noche.

El hombre dejó el documento sobre la mesa y, después de firmarlo, se lo devolvió.

Dos botones habían subido para hacerse cargo del equipaje y salió del hotel en compañía de Berdina.

–Vamos a comer con François y Marielle Durand en París –le informó Bastien en cuanto se sentó a su lado en el opulento jet. Llevaba una chaqueta de color gris oscuro que destacaba sus anchos hombros y la camisa blanca acentuaba el bronceado de su piel.

–¿Quiénes son?

–Marielle es una ex, ahora casada con François. Incluirte en el almuerzo hará que la reunión sea más relajada –respondió él mientras servían el café.

La admisión de que Marielle Durand había sido su amante despertó la curiosidad de Lilah, pero no tenía la menor intención de hacer preguntas.

–Esto es para ti –Bastien le ofreció una tarjeta de crédito–. Mientras yo trabajo esta mañana puedes ir de compras. Iré a buscarte a la hora de comer...

Lilah estudió la tarjeta con el corazón encogido.

–No quiero gastar más dinero.

–Gastar mi dinero es parte de tu trabajo y espero que lo hagas –anunció él.

Para no discutir, Lilah guardó la tarjeta en el bolso, aunque no estaba dispuesta a comprar nada. No se le había escapado que los empleados de Bastien la observaban, evidentemente curiosos sobre su relación con el jefe. Ese interés implicaba que, al menos desde fuera, su relación con Bastien era inusual.

Cuando levantó la cabeza sus ojos se encontraron con los ojos dorados y su corazón se aceleró. Sin darse cuenta pasó la punta de la lengua por sus labios, secos de repente. No podía dejar de recordar las caricias de Bastien en la parte más íntima de su cuerpo y se enrojeció hasta la raíz del pelo.

–*Se thelo*... te deseo –dijo él con voz ronca.

Lilah no encontraba su voz. Con la cara ardiendo, abrió los ojos como platos, sorprendida por su sinceridad.

–Nunca he esperado tanto a una mujer y estoy ardiendo por ti –siguió Bastien, acariciando el dorso de su mano–. Lo de anoche solo me ha abierto el apetito, *koukla mou*.

Lilah apartó la mano.

–No has esperado –le recordó–. Durante los últimos dos años has estado con una mujer tras otra.

Bastien levantó una ceja de ébano.

–¿Llevas la cuenta? –bromeó.

–¿Por qué iba a importarme? –replicó Lilah, intentando disimular su rubor.

–No quiero importarte –dijo Bastien sin vacilación, los asombrosos ojos oscuros clavados en su expresivo rostro–. Esto es sexo, nada más.

–¿Qué otra cosa podría ser?

Después de atravesar el aeropuerto de París con Bastien, Lilah se quedó desconcertada al ver a un montón de fotógrafos esperando en la puerta de la terminal. Lo último que ella quería era salir en las revistas como la última novia de Bastien Zikos.

Intentando disimular, se colocó detrás de él para parecer más una empleada que una amante, pero los fotógrafos les hacían preguntas, en inglés y francés, que Bastien ignoraba olímpicamente.

Lilah subió a la limusina que los esperaba, acompañada de Berdina que actuaba como guía, y Ciro, que estaba a su lado por seguridad. Para entonces le preocupaba que su familia o sus amigos vieran las fotografías y sospechasen que su relación con Bastien no era solamente profesional.

Pero una vez que la aventura terminase, ¿qué importaría?

El coche los llevó a la avenida Montaigne, la zona de compras más selecta de París.

Lilah buscó información sobre Marielle Durand en internet y cuando vio las fotografías de una esbelta rubia tuvo que tragar saliva. Marielle había sido una famosa modelo antes de casarse...

Después de eso entró en Louis Vuitton, Dior y Chanel, pero se limitó a mirar, sin comprar nada. Solo cuando entró en Ralph Lauren decidió adquirir una corbata para Bastien. No podría quejarse, ¿no? Al fin y al cabo había comprado algo.

Bastien se reunió con ella a mediodía.

–¿Dónde están las bolsas?

Lilah le mostró la bolsita de Ralph Lauren.

–Para ti.

–¿Para mí? –repitió él, sorprendido.

–Dijiste que gastase dinero y eso he hecho.

Bastien sacó la corbata de seda dorada, mirándola con cara de asombro.

—¿Me has comprado una corbata? ¿No has comprado nada para ti?

—Después de todo lo que compraste en Londres no voy a necesitar más ropa hasta el siglo que viene –respondió Lilah.

—La cuestión es que, por una vez, quería que hicieras lo que te había pedido.

—Lo siento, *señor*, me esforzaré más la próxima vez –replicó ella, irónica.

—¿Siempre te cuesta tanto trabajo obedecer órdenes?

—Cuando eres tú quien las da, sí –admitió ella.

—Deberías querer complacerme.

Bastien miró el pelo oscuro enmarcando ese bello rostro ovalado, los ojos brillantes sobre la pequeña nariz, los labios generosos...

Tenía un aspecto tan frágil, tan femenino. Tan lleno de vida.

—¿Por qué?

—Porque eso me pone de buen humor.

Lilah se limitó a sacudir la cabeza.

Los Durand vivían en una impresionante casa del siglo XVIII en la isla de San Luis. Una criada los acompañó hasta un amplio salón donde les sirvieron una copa de vino mientras se hacían las presentaciones.

Notando el interés de Marielle Durand, Lilah intentó relajarse. Era incluso más guapa en persona y se sorprendió al saber que era inglesa.

Bastien tomó su mano mientras hablaba en francés con François, pero Marielle se dirigió a ella en su idioma para preguntarle si había tenido un buen viaje. Aliviada por no tener que esforzarse en recordar las pocas frases en francés que había aprendido en el instituto, Lilah se relajó mientras dos camareros preparaban el almuerzo en la terraza.

Después de ofrecerle otra copa de vino, que Lilah rechazó, Marielle la invitó a dar un paseo por el jardín.

–¿Desde cuándo estás con Bastien? –le preguntó cuando estuvieron solas.

–Solo desde hace unos días –admitió ella–. ¿Puedo preguntar cuándo...?

–Hace años –la interrumpió Marielle– cuando me hice un nombre en el mundo de la moda. Bastien fue mi aventura más emocionante –le confió, riendo–. Adoro a mi marido, pero jamás he sentido la emoción que sentía estando con él. Es un mujeriego porque está demasiado herido como para confiarle su corazón a una mujer y sentar la cabeza.

–¿Herido? –repitió Lilah.

–No conozco los detalles, pero sé que tuvo una infancia difícil y que le resulta imposible confiar en una mujer –respondió Marielle–. En fin, era demasiado complicado para mí.

Y entonces Lilah hizo un descubrimiento que la desconcertó: a ella sí le gustaba que fuese complicado. En realidad, estaba disfrutando del reto, preguntándose qué afectaba a Bastien. No se parecía a ningún otro hombre. Era impaciente, imprevisible, un adicto al trabajo, pero sus éxitos no le daban la felicidad. ¿Por qué era así? ¿Quién lo había hecho así? ¿Y por qué le importaba tanto?

–Has encantado a los Durand –dijo Bastien cuando volvían al aeropuerto–. No eres celosa, ¿verdad?

–¿Por qué iba a serlo? Además, no creo que te gusten las mujeres posesivas.

Eso era cierto, tuvo que reconocer Bastien. Y, sin embargo, le había molestado su indiferencia.

Las mejillas de Lilah se cubrieron de rubor porque, aunque no era celosa o posesiva, se había sentido incómoda con Marielle y horrorizada al pensar que Bastien había tenido intimidad con su anfitriona.

–¿Adónde vamos? –preguntó para cambiar de tema.

–Tengo un *château* en la Provenza...

Capítulo 6

SALIERON del aeropuerto en un todoterreno, con Bastien al volante y su equipo de seguridad siguiéndolos en otro vehículo.

El glorioso sol de la Provenza empezaba a desaparecer tras las montañas mientras atravesaban pintorescos pueblos fortificados con calles estrechas y casitas pequeñas. El paisaje era espectacular, con viñedos en las faldas de la montaña, huertos de melocotones, peras, nectarinas y cerezas.

–¿Heredaste el *château* de tu familia? –le preguntó, incapaz de contener la curiosidad.

–Yo no provengo de una familia millonaria –respondió Bastien–. Mi madre era una camarera nacida en Atenas, mi padre un humilde agente inmobiliario que está casado con una mujer muy rica. Lamentablemente, nunca se casó con mi madre.

–Ah –Lilah se quedó sorprendida–. No lo sabía.

–Mi padre, Anatole, siempre estuvo casado con otra mujer. Mi madre era su amante y una vez admitió que había decidido quedarse embarazada porque creía que se divorciaría de su mujer si le daba un hijo –le contó Bastien con tono seco–. Desgraciadamente para ella, su plan fracasó porque la mujer de mi padre ya había quedado embarazada de mi hermanastro,

Leo, que solo tiene unos meses más que yo. Mi madre fue una mujer amargada desde entonces.

—¿Ella misma te lo contó? —preguntó Lilah, consternada.

Bastien hizo una mueca.

—Athene no era muy maternal y nunca superó su resentimiento por tener que hacerse cargo de un hijo que ya no le valía para nada.

Lilah apretó los labios, pero permaneció en silencio. Estaba sorprendida y asqueada. Ningún niño debería saber que no era querido, ningún niño debería saber que había sido concebido solo para ser usado por su madre para conseguir un anillo de compromiso.

—¿No dices nada? Pensé que harías algún reproche.

—Pues te equivocas. Sé que no todos los niños tienen una infancia perfecta. De otro modo, mi padre habría seguido queriendo a mi madre y no le habría sido infiel.

—¿No fue fiel a tu madre? Pensé que...

—Mis padres no estaban felizmente casados. Siempre hubo otras mujeres en su vida y en casa había escenas constantes. Se conocieron cuando eran adolescentes y todo el mundo esperaba que se casaran, de modo que lo hicieron. Tardé mucho tiempo en entender que mi padre había sucumbido a la presión social y se sentía atrapado en ese matrimonio —Lilah dejó escapar un suspiro—. Con mi madrastra es un hombre completamente diferente.

—¿Las infidelidades de tu padre han contribuido a que me veas como un canalla y un mujeriego? —le preguntó Bastien, sorprendiéndola por completo.

—No, claro que no. Aunque eres un mujeriego.

–Pero no un canalla. Nunca he sido infiel a una amante –replicó él–. Y tampoco me acuesto con cualquiera. Yo también tengo mis valores.

Lilah puso las manos sobre su regazo.

–Esa noche perdí los nervios. No debería haberte insultado... apenas te conocía –admitió, esperando que esa admisión diese el tema por zanjado.

–¿Es una disculpa?

Ella respiró profundamente.

–Vamos a dejarlo.

–Solo te había pedido que pasaras la noche conmigo, no me había lanzado sobre ti.

Lilah levantó las manos en un gesto de exasperación.

–Siento muchísimo, pero muchísimo haberte insultado. ¿Estás contento ahora?

Él tuvo que disimular una sonrisa.

–¿Qué puede saber una virgen del estilo de vida de un mujeriego?

–A lo mejor lo he aprendido en las novelas eróticas.

Divertido, Bastien soltó una carcajada. Lilah estaba equivocada y lo sabía, pero no le daba la razón como hacían otras mujeres y eso lo divertía. En realidad, era un reto continuo.

–Bienvenida al *château* Saint-Monique –dijo poco después.

Lilah admiró los apliques en forma de teas de hierro que iluminaban el enorme y antiguo edificio, acentuando el color miel de la fachada estilo provenzal, con persianas de color azul. El camino de gravilla estaba flanqueado por árboles y setos con flores.

–¿Cuándo compraste esta casa?

–Hace tres años. La propietaria era una anciana condesa a la que conocí hace tiempo. La primera vez que vi el *château* le hice una oferta, pero tardó meses en aceptar y las reformas duraron un año. Vengo aquí cuando quiero relajarme y cuando puedo trabajar desde casa. Estuve aquí todo el mes pasado.

Un hombre de mediana edad, con una camisa inmaculadamente planchada y una corbata de lazo, salió a recibirlos con una sonrisa en los labios.

–Stefan y su mujer, Marie, se encargan de todo –le informó Bastien después de hacer las presentaciones, poniendo una mano en su espalda para guiarla hasta el interior.

Era un sitio fabuloso, con suelos de mármol blanco y negro, muebles sorprendentemente modernos y una fabulosa escalera de piedra.

Bastien se dirigía a la escalera cuando Stefan abrió una puerta y un ladrido familiar hizo sonreír a Lilah. Skippy salió corriendo y se lanzó sobre ella, temblando de emoción.

–Sí, sí, yo también te he echado de menos –Lilah se inclinó para tomarlo en brazos e intentó calmarlo antes de dejarlo en el suelo.

Cuando el animalillo se dirigió hacia Bastien le advirtió:

–No le hagas caso. Así entenderá el mensaje y te dejará en paz. Eso es lo que hace Vickie.

Skippy olisqueó su zapato, mirándolo con ojos implorantes, pero él se apartó sin mirarlo para subir por la escalera. Stefan intervino tomándolo en brazos. Al parecer, sabía que su jefe no era amigo de los animales.

Arriba le esperaba un espectacular dormitorio amueblado con una mezcla de piezas antiguas y modernas y cortinas de color ostra cayendo sobre la enorme cama con dosel.

–Es un sitio precioso –comentó, impresionada por la espléndida habitación.

–La criada deshará tu equipaje. Nos veremos abajo para cenar en una hora –anunció Bastien mientras dos jóvenes uniformadas llevaban sus maletas al vestidor.

–¿Entonces qué voy a hacer?

–Vístete –le dijo Bastien al oído–. Ponte algo bonito para que yo pueda disfrutar desnudándote después, *glikia mou*.

Sus ojos se encontraron con los luminosos ojos castaños que brillaban como estrellas, unos ojos asombrosos rodeados por largas pestañas que parecían de terciopelo negro. Estaba como hipnotizada.

Bastien tomó su cara entre las manos e inclinó la cabeza para besarla y el beso sabía a cielo e infierno a la vez. A cielo porque no se cansaba de esa ansiosa boca y a infierno porque odiaba una reacción que no podía controlar. Bastien la soltó, mirándola durante unos segundos en silencio antes de darse la vuelta para salir de la habitación.

Lilah entró en el cuarto de baño y se llevó un dedo a los temblorosos labios hinchados, avergonzada. Sería muy cruel si Bastien hacía que le gustase el sexo con él, pensó. ¿O no? Tal vez solo lo pensaba por orgullo.

Su parte más racional la regañó por tanto melodrama. El sentido común le decía que aceptar la intimidad como algo inevitable haría que la experiencia fuese más soportable para ella. Después de todo, no era masoquista.

Supuestamente, el sexo era algo que debía disfrutar, pero había oído hablar a sus amigas sobre sus experiencias y sabía que a menudo no era así. Una vez que lo hubiera hecho con Bastien probablemente se preguntaría por qué le daban tanta importancia. Después de todo, el sexo tenía que ser algo simple y normal si todo el mundo lo hacía.

Después de darse una ducha se maquilló ligeramente antes de entrar en el vestidor envuelta en una toalla y vio que ya habían colgado sus cosas en perchas.

«Vístete», le había dicho Bastien con un brillo burlón en los ojos. «Ponte algo bonito para que yo pueda disfrutar desnudándote después».

Suspirando, sacó un vestido de noche y lo dejó sobre la cama. Era tan exagerado y teatral como el *château*, pero había visto un brillo de deseo en los ojos dorados cuando se lo probó.

Bastien estaba en el pasillo, viendo a Delilah bajar la escalera con la dignidad y la gracia de una reina. El vestido era asombroso, una túnica brillante en color melocotón que se ajustaba a su esbelto cuerpo hasta la cintura antes de caer en capas de seda que barrían los escalones de piedra. El pelo negro caía en cascada por su espalda, los mechones enmarcando un rostro ovalado en el que destacaban los preciosos ojos azules. La excitación fue inmediata, imperiosa.

Alargó una mano para recibirla cuando llegó al

pie de la escalera, los brillantes ojos castaños clavados en esos labios rosados.

–Con ese vestido me dejas sin aliento –murmuró, entrelazando sus dedos.

Lilah hizo un esfuerzo para mirarlo a los ojos. Sus pechos se habían hinchado bajo el estrecho corpiño del vestido y le costaba encontrar oxígeno. No había esperado ese cumplido y no sabía cómo lidiar con él.

Bastien la llevó por el amplio salón, con una antigua chimenea de piedra labrada, hasta una terraza donde los esperaba una mesa adornada con flores y velas.

–Tengo hambre –confesó Lilah cuando un criado apartó una silla para ella.

–Entonces disfrutarás de la cena. La mujer de Stefan, Marie, fue chef de un restaurante parisino con una estrella Michelin antes de trabajar para mí –le contó Bastien mientras Stefan servía el vino.

–Tienes muchos empleados... en realidad, vives como un rey –comentó ella en cuanto se quedaron solos.

–Cuando disfruto del *château* sí, pero lo hago pocas veces. Cuando estoy trabajando o de viaje cocino yo mismo o como fuera.

–¿Sabes cocinar?

–Claro que sí. No soy un niño mimado, no lo he sido nunca. Pero sí aprecio las cosas buenas de la vida.

–¿Tu madre vive aún? –le preguntó Lilah mientras servían el primer plato.

Bastien la estudió en silencio, juntando las cejas.

–Sientes curiosidad por mi vida.

–¿Por qué no iba a sentir curiosidad?

–Mi madre murió en un accidente de coche cuando yo era niño y, a partir de ese momento, tuve que vivir con mi padre.

Lilah jugó con las flores de calabacín que decoraban el diminuto pastel de cebolla.

–¿Y qué tal?

–Horrible –admitió Bastien–. La mujer de Anatole, Cleta, me odiaba porque era la prueba viviente de la infidelidad de su marido. En cuanto a mi hermanastro... Leo era el adorado hijo único y, naturalmente, mi aparición no le hizo ninguna gracia. Pero había ciertas ventajas en mi nuevo hogar.

–¿Por ejemplo? –preguntó Lilah, el pastel de cebolla derritiéndose en su boca.

–Fue un nuevo comienzo en muchos sentidos. Podía ver a Anatole casi todos los días e iba a un colegio mejor.

–Evidentemente, te llevas bien con tu padre –comentó Lilah, aliviada al notar ese tono indulgente cuando se refería a Anatole. Su infancia no había sido precisamente de película, pero al menos alguien había estado de su lado.

–Sí, le tengo mucho cariño. Se equivocó de esposa, pero como padre es el mejor –admitió Bastien, con tono orgulloso.

Al menos había habido alguien cariñoso en su vida, pensó. Y luego se preguntó por qué la idea de que Bastien no le hubiera importado a nadie de niño la turbaba tanto. Sus respuestas, sin embargo, hacían que entendiese un poco más quién era y qué lo había hecho tan duro.

–Pero dejemos a un lado mi vida, *glikia mou* –siguió él–. Háblame de Josh Burrowes.

Lilah se irguió, incómoda.

–No hay mucho que contar. Estudiamos juntos en la universidad y es uno de mis amigos.

Bastien se echó hacia atrás en la silla.

–Pero, evidentemente, Josh quiere ser algo más. Deberías haberle dicho la verdad.

–Le conté a mis amigos lo mismo que le conté a mi familia, que me habías ofrecido un trabajo.

La mirada de Bastien se clavó en sus voluptuosos labios.

–Deberías haberle contado la verdad a Josh: que eres mía y de nadie más.

Lilah apretó los dientes.

–No soy tuya, Bastien.

–Sí lo eres –replicó él, su acento haciéndola vibrar–. Lo veo cada vez que te miro.

Lilah se concentró en probar el cordero, pensando que el silencio era lo más diplomático. Se sentía poderosamente atraída por él, tuvo que admitir, pero no iba a decírselo.

Mientras lo estudiaba, un cosquilleo entre las piernas hizo que se moviese incómoda en la silla. Las duras líneas del hermoso rostro masculino y la contenida ferocidad de sus intensos ojos hacían que no pudiese apartar la mirada.

La primera vez que lo vio supo que nunca había conocido a un hombre más atractivo y en los dos años que habían pasado eso no había cambiado en absoluto. Bastien era guapísimo. Ella lo sabía y él tenía que saberlo también.

Cuando el camarero volvió para llenar sus copas por fin apartó la mirada y pudo respirar con tranquilidad.

–La mujer de Stefan es una cocinera maravillosa –comentó después de probar una pera asada con salsa de chocolate–. Pero no puedo comer nada más.

–¿Café? –preguntó Bastien.

–No, gracias –Lilah tragó saliva cuando se levantó de la silla y se dirigió hacia ella con la gracia de un depredador.

–Reacciono como un adolescente contigo. No puedo esperar un minuto más.

Lilah apoyó las manos en la mesa para levantarse. Hora de pagar el precio acordado, pensó locamente.

Bastien no la tocó enseguida. En lugar de eso inclinó la cabeza oscura para rozar sus labios delicadamente, haciéndola temblar. Le daba vueltas la cabeza, se le doblaban las rodillas...

De repente, dejando escapar un rugido, él la tomó en brazos.

–Estaba tan furioso contigo anoche, cuando me dijeron que habías besado a ese tal Josh –le confesó mientras la llevaba por la escalera como si no pasara nada–. No dejes que otro hombre te toque mientras estés conmigo.

Con los sentidos embriagados por el beso, Lilah levantó la mirada.

–No creo que haya mucho peligro de que eso ocurra.

–¿Por qué no? Eres una belleza. Yo lo he visto y Josh lo ha visto también.

–Pero tú ves cosas en mí que yo no veo –murmuró

ella, incómoda, pensando en las modelos con las que solía acostarse.

En comparación, ella no era nada. Cada una de sus predecesoras había sido la típica rubia alta de belleza clásica como Marielle, el ejemplo perfecto de lo que parecía ser su ideal de mujer. Ella, en cambio, era pequeña y delgada. Siempre había tenido el busto demasiado pequeño para los chicos del pueblo en una edad en la que tener curvas parecía ser lo único importante.

–Sé que te deseo –dijo Bastien–. Todo lo demás carece de importancia.

–¿Todo? –repitió ella, incrédula.

–Todo –insistió él, respirando el olor a coco de su champú, el vago aroma de los cosméticos que se había aplicado y esa fragancia suya, única. Y esos ojos de color zafiro que brillaban como dos joyas...

Cuando la dejó sobre la cama, el ansia que lo empujaba casi lo asustó. Ese ansia desaparecería en cuanto la hubiera hecho suya, se dijo cínicamente. Además, el sexo con ella podría ser una decepción.

¿Cómo podía ser de otra manera si Delilah no tenía experiencia? No podía ser una mujer sensual; ninguna mujer sensual sería virgen a los veintitrés años. Podía iluminarse cuando la miraba, moverse entre sus brazos como si fuera una mujer sensual, pero seguramente no tendría mucho que ofrecer.

Le quitó los zapatos, conteniendo el deseo de acariciar esos pies diminutos. Su virginidad lo incomodaba, pensó, desesperado por contener esos pensamientos tan irracionales. Pero si estaba diciendo la verdad, y tenía que creer que así era, sería más suya que ninguna otra mujer. Y por alguna razón le gustaba esa idea, tuvo que reconocer. Le gustaba mucho.

—¿En qué estás pensando? —susurró Lilah mientras bajaba la cremallera del vestido.

—En sexo. ¿En qué si no?

—Bueno, pues si he hecho una pregunta tonta, aguántate —replicó ella.

Bastien esbozó una sonrisa mientras deslizaba el vestido por sus hombros, observando cómo sus pechos subían y bajaban agitadamente.

—No voy a hacerte daño —le aseguró.

—He oído que puede doler —insistió Lilah.

—Hablas como si acostarte conmigo fuese una tortura —se quejó él.

—Bueno, pues me voy a callar.

Bastien le quitó el vestido, que tiró al suelo con descuido.

—He visto el precio de ese vestido —protestó Lilah—. No puedes tratarlo así, es indecente.

Él echó la cabeza hacia atrás y soltó una carcajada.

—¿No ibas a callarte? Pues sigue callada, me pones nervioso.

—¿Por qué te pongo nervioso?

Le resultaba difícil no esconderse entre las sábanas. Allí estaba, medio desnuda, expuesta, solo con un conjunto de ropa interior rosa, viéndose forzada a posar como una seductora de pacotilla sobre sábanas de seda. Lilah sintió que se le ponía la piel de gallina.

Bastien metió una mano en el bolsillo y sacó una cajita de terciopelo.

—Esto es para ti.

Lilah se sentó en la cama y aprovechó la oportunidad para abrazarse las rodillas y ocultar al menos un poco su desnudez.

–No quiero regalos –le advirtió.

–Te lo pondrás para complacerme, *koukla mou*. La primera vez que te vi quise verte cubierta de diamantes –Bastien abrió la tapa de la caja para mostrarle un exquisito colgante de diamantes en una cadena de oro.

Lilah no movió un músculo mientras se lo ponía, sintiendo la frialdad y el peso del diamante sobre su piel. Bastien dio un paso atrás para quitarse la chaqueta y desabrochar su camisa, pero sin dejar de mirarla.

El brillo de sus ojos, dorados como los de un león, hizo que ardiese de deseo, los nervios evaporándose. Bajo esa bronceada piel tenía unos abdominales como una tabla de lavar y unos desarrollados músculos pectorales de los que no podía apartar la mirada. Era lo que una amiga había descrito como un «macizo», poderosamente masculino en todos los sentidos.

Pero apartó la mirada cuando puso las manos en la cinturilla del pantalón, maldiciendo su timidez, su vergüenza. Él sacó unos sobrecitos de un cajón de la mesilla y Lilah sintió que se le erizaba el vello de su nuca.

Bastien se acercó a la cama en calzoncillos y, con un dedo, desabrochó el sujetador. Lilah sintió que sus pezones se endurecían bajo la mirada masculina y, de repente o eso le pareció en su agitado estado, estaba tumbado a su lado, tocando esos pezones con la boca y los dedos.

Un escalofrío la sacudió y luego otro. Las sensaciones rompían sus defensas y sus pechos se hinchaban, respondiendo a las caricias masculinas.

–Al menos apaga la luz –le rogó.

–Eres preciosa y quiero mirarte.

–Yo no quiero que me mires –Lilah apretó los dientes.

–Cierra los ojos y piensa que no lo hago –sugirió Bastien.

Responder era imposible cuando estaba apoderándose de su cuerpo, besándola aquí, lamiendo allá, descubriendo zonas de su cintura que respondían a sus caricias con salvaje entusiasmo. Y luego, lentamente, acercándose a zonas más íntimas.

Cuando tiró hacia abajo de sus bragas Lilah dejó de respirar. Sentía su aliento... ahí, donde no debería sentirlo. Encontró su zona más sensible con sabios dedos y Lilah cerró los ojos, bloqueando la habitación, la realidad, mientras intentaba contener gemidos de placer.

–Tienes mucha práctica, ¿verdad? –comentó con voz ronca.

–No vamos a hablar de eso.

–No... oh.

Esa exclamación involuntaria escapó de su garganta cuando él pasó la lengua sobre el pequeño capullo de nervios entre sus piernas.

Bastien se colocó sobre ella para apoderarse de sus labios, hundiendo la lengua profundamente en el interior de su boca y provocando un incendio en su pelvis.

–Oh –repitió él con una sonrisa de lobo.

Sintiéndose como una niña que había metido la mano en el fuego sin querer, Lilah cerró los ojos de nuevo. Y él la castigó volviendo a su antigua actividad, acariciando el interior de sus muslos, donde nadie la había tocado. Y cada roce la hacía arder. Cuando rozó su clítoris con la lengua perdió la noción de la realidad. Todo su cuerpo era un escalofrío y las convulsiones de placer incontrolables; no podía permanecer quieta. Alargó el cuello mientras sus caderas subían y bajaban como por voluntad propia.

Bastien la tocaba tan delicadamente. No creía que pudiera ser dulce en la cama; de hecho, había esperado pasión desatada, agresión e impaciencia, pero deslizó un dedo en su estrecho canal y luego otro, tierna, suavemente, atormentándola de placer. Su corazón latía alocado y su cuerpo estaba cubierto de sudor; todo se había vuelto tan increíblemente intenso.

Dejó de resistirse porque era una batalla perdida y abrió la boca para buscar oxígeno. No podía disimular su reacción y no quería hacerlo. Cada caricia, cada exploración provocaba nuevas sensaciones y se movió, impaciente, hacia él, buscando algo... no sabía qué.

–¡Bastien! –exclamó.

–Dime que me deseas.

–Tú sabes que es así –murmuró ella, con una amargura que no podía disimular.

–Siempre me has deseado, ¿verdad?

–¿Qué quieres, un trofeo?

–Tú eres mi trofeo –Bastien movía los dedos con experta precisión sobre sus húmedos pliegues, despertando una reacción en cadena dentro de ella.

De repente, algo dentro de ella estalló con una fuerza que la cegó. Fuera de control, su cuerpo se revolvía y convulsionaba en el paroxismo de un poderoso clímax.

Bastien rasgó un sobrecito con los dientes. No quería hacerle daño, pero estaba tan húmeda y receptiva. Puso una almohada bajo sus caderas para levantarla y se colocó entre sus muslos abiertos. El placer tenía el efecto de una poderosa droga.

Lilah seguía mareada de gozo cuando sintió que ensanchaba su inocente carne. La aprensión hizo que se tensara un poco antes de que una especie de quemazón la obligase a contener el aliento. Bastien se apartó para levantar sus piernas y empujar de nuevo. En aquella ocasión no hubo dolor, solo la asombrosa sensación de tenerlo dentro.

–No me duele –dijo, aliviada.

Una fina capa de sudor cubría las hermosas facciones de Bastien porque tanto cuidado, tanta precisión, tenía un precio.

–Se thelo... eres increíble, hara mou.

Giró las caderas en un movimiento perverso que envió extraordinarias sensaciones a la pelvis de Lilah, que abrió los ojos como platos, sorprendida. Luego empezó a moverse y la presión en su interior volvió a hacerse insoportable.

El deseo clavaba sus garras en ella, su cuerpo ardía de gozo. Quería más. La intensidad del encuentro la empujó sobre el borde una vez más, las olas de placer ahogándola.

Había terminado, estaba hecho, pensó, consciente de los latidos del corazón de Bastien sobre el suyo, el roce de su pelo en la mejilla, el sudor que cubría su poderoso cuerpo, su peso y la intimidad de la postura. Bueno, no podía quejarse, tuvo que admitir. De hecho, la experiencia había sido asombrosa.

En el proceso de volver a la realidad, después del clímax más largo de su considerable experiencia, Bastien respiró de nuevo. Se apartó para tomarla entre sus brazos y besó su frente sin pensarlo...

Y luego empezó a pensar. ¿Qué estaba haciendo? ¿A qué estaba jugando? Él no hacía cariñitos, nunca lo había hecho. Claro que nunca había sentido un placer tan profundo; tanto que ya la deseaba de nuevo, era como un alcohólico buscando otra copa.

La comparación era un poco absurda, pero sirvió para apartarlo de la tentación de quedarse a su lado. Saltó de la cama y se dirigió al baño.

—Me muevo mucho mientras duermo y prefiero mi propio espacio –dijo, sin mirarla–. Dormiré en la otra habitación.

Lilah tuvo que disimular su decepción. Sin embargo, así era el sexo sin amor, se dijo a sí misma. Era un encentro de dos cuerpos, no algo mental. Bastien no sentía ninguna conexión con ella. Había satisfecho su lujuria por el momento y nada más. Enseguida había saltado de la cama para meterse en la ducha.

¿Había esperado una conclusión diferente?

Bueno, pues si la había esperado era tonta. Después de todo, ¿no era precisamente por eso por lo que había perdido los nervios con Bastien dos años antes? Solo le había ofrecido sexo cuando ella quería algo más, y eso le había dolido. ¿No era hora de ser sincera consigo misma? Había empezado a enamorarse de Bastien Zikos el día que lo conoció, el día que vio esos asombrosos ojos dorados y ese hermoso rostro de ángel caído.

Por supuesto, entonces no lo conocía, de modo que había sido un simple encandilamiento, una atracción magnética. Aunque muy poderosa. Y resistirse, reconocer que aquel hombre solo podría hacerla infeliz, la había entristecido. Pero era la verdad y seguía siendo la verdad, tuvo que admitir. Bastien paseaba contento por el lado frívolo de la vida, buscando placer cuando quería y descartando a las mujeres cuando se aburría...

Pues ella era una de esas mujeres, un capricho sexual del que se aburriría de inmediato.

Cuando intentó incorporarse la quemazón entre los muslos hizo que se mordiera los labios. Una vez le había dicho que no a Bastien y, evidentemente, eso había puesto un precio a su cabeza porque él no estaba acostumbrado a negativas.

«Olvida los pensamientos negativos», se dijo a sí misma, moviendo la cabeza sobre la almohada como para aclarar sus ideas. Sería mejor concentrarse en lo positivo, pensar en la empresa funcionando de nuevo, en su padre de vuelta en la oficina y en sus hermanastros teniendo una vida asegurada. Esa era la imagen que debía recordar.

¿Y los antiguos empleados de Repuestos Moore? Su padre había dicho que iba a pedir una reunión para discutir la relocalización de la fábrica y su reapertura. Esa noticia haría feliz a mucha gente.

Solo una tonta se compadecería de sí misma cuando tantas cosas positivas salían de ese acuerdo. Ella no era una tonta y no iba a hacer un drama de algo que no podía cambiar. Sí, se había acostado con Bastien, pero solo era sexo y podía vivir con esa realidad.

Lilah entró desnuda en el vestidor del que sacó un albornoz que se abrochó en la cintura con manos impacientes.

Cuando iba a entrar en el baño Bastien salió de él, sus caderas morenas envueltas en una toalla. Gotas de agua cristalina rodaban por su torso y su espeso pelo negro azabache se rizaba en las puntas.

Al verla fuera de la cama frunció el ceño.

—Pensé que estabas durmiendo.

—No, iba a ducharme.

Para borrar el recuerdo de sus besos, pensó, mirando esas pestañas de terciopelo y sintiendo que su corazón se aceleraba. La sombra de barba acentuaba el duro mentón masculino y su sensual boca.

Intentó apartarse, pero Bastien la tomó por la muñeca.

—Has sido asombrosa, *glikia mou*.

Lilah se sintió mortificada por el cumplido, pero levantó la cabeza, orgullosa.

—No ha ido tan mal como esperaba —admitió prosaicamente, soltando su mano para entrar en el baño.

Sorprendido, Bastien torció el gesto mientras abría la puerta que comunicaba los dos dormitorios. Qué típico de Delilah responder con una pulla.

Bueno, ¿qué había esperado Bastien?, se preguntó ella bajo la ducha. ¿Cumplidos, palabras de amor, de admiración?

Había dicho la verdad, aunque no había sido del todo justa. Bastien podría haber sido más egoísta y descuidado en la cama. Debía reconocer que había hecho un esfuerzo para no hacerle daño y que no era un amante egoísta sino considerado. Desgraciadamente, esa consideración no podía hacerle olvidar que Bastien Zikos la había chantajeado para llevarla a su cama. Sí, ella había aceptado aquel sórdido trato, pero no podía esperar que lo tratase como a un amante elegido por ella misma, ¿no?

Lilah se quedó dormida, pero una llamada de teléfono despertó a Bastien a altas horas de la madrugada y la noticia que recibió fue un golpe para el que no estaba preparado.

Capítulo 7

¡DELILAH! —la llamó Bastien desde la puerta—. Levántate, tengo que hablar contigo.

Preguntándose qué había hecho para merecer tan grosero despertar, Lilah abrió los ojos y miró el despertador sobre la mesilla. Apenas eran las siete de la mañana.

Parpadeando rápidamente para hacer funcionar su cerebro, disimuló un bostezo mientras intentaba concentrar la mirada en la poderosa figura masculina.

—¿Qué ocurre?

—Hablaremos cuando te hayas levantado —respondió él, mirándola con un brillo de disgusto en los ojos—. Nos vemos abajo en cinco minutos.

Exasperada, Lilah puso los ojos en blanco. Bastien la encrespaba cuando se ponía tan autoritario y se negaba a obedecer órdenes como si fuera una niña. Por otro lado, había ocurrido algo, eso era evidente, y Bastien parecía pensar que ella tenía algo que ver. Había dicho que la esperaba abajo en cinco minutos. Pues muy bien, podía seguir esperando.

Saltó de la cama para ir al vestidor y buscó su ropa en los innumerables cajones. Su ropa, no la que Bastien le había comprado. Eligió un pantalón vaquero corto, una sencilla camiseta blanca y unas zapatillas de deporte y después de una rápida ducha bajó al primer piso, dispuesta a discutir con Bastien.

Haciendo repiquetear las uñas sobre el suelo de madera, Skippy se lanzó sobre ella en cuanto llegó abajo. Mientras lo acariciaba, Stefan le dijo que Bastien estaba esperando en el estudio y que el desayuno sería servido en la terraza.

Bastien estaba frente a la ventana de una habitación enorme con estanterías llenas de libros, de espaldas a la puerta, los hombros tensos bajo la tela de la chaqueta. Cuando se dio la vuelta Lilah notó, irritada, que el traje oscuro acentuaba su poderosa figura...

Pero eso era algo en lo que no debería pensar.

Cuando los ojos dorados se clavaron en ella palideció ante la intensidad del escrutinio.

Bastien la miró de arriba abajo, haciendo una mueca de desagrado al ver que no llevaba la ropa que él le había comprado. El informal atuendo, combinado con el pelo suelto, le daba aspecto de adolescente. Aunque una adolescente increíblemente guapa.

«Guapa», un término anticuado que no entraba en su vocabulario, pensó, exasperado consigo mismo. «Ardiente» sería un término más apropiado y desde el pelo a los altos pechos, la estrecha cintura y las largas piernas torneadas Delilah era ardiente.

Bastien intentó apartar de sí tales pensamientos, pero su cuerpo reaccionaba con libidinoso entusiasmo ante su presencia.

–¿Qué ha pasado? –le preguntó ella, con aparente inocencia.

Como respuesta, Bastien atravesó la habitación y tomó una tableta del escritorio.

–Esto ha pasado.

Lilah vio la portada de un periódico británico en la pantalla.

¿Es La Farmacéutica Dufort la nueva adquisición de Bastien Zikos?

–¿Y qué tiene eso que ver conmigo? –Lilah recordaba vagamente haber oído ese nombre mientras hablaba con su equipo en el hotel de Londres. Desgraciadamente, como no había prestado atención, no sabía por qué parecía tan enfadado.

–Alguien filtró esa información a la prensa en Londres y creo que has sido tú –anunció Bastien.

Lilah se irguió todo lo que pudo.

–¿Yo? –repitió–. ¿Te has vuelto loco?

–Tú eres la única persona que salió de la suite mientras estaba hablando con mi equipo. El guardaespaldas que te acompaña te vio hablando por teléfono y sé que estuviste en contacto con una periodista.

Lilah no podía creerlo. ¿Cómo se atrevía a acusarla de espiar y pasar información cuando había compartido su cama la noche anterior?

Aunque, en realidad, no habían dormido juntos porque después de hacer el amor Bastien se fue a su habitación.

–No puedo creer que hables en serio. ¿Por qué iba a pasar información confidencial? ¿Qué iba a ganar con eso?

–El chivatazo de que voy a comprar la Farmacéutica Dufort podría valer cientos de miles de libras.

–Pero yo no se lo he contado a nadie. ¿Para qué iba a hacerlo? Aparte de otras consideraciones, no estaba escuchando cuando hablabas con tu equipo... estaba viendo la televisión.

—Pero estabas presente y lo escuchaste todo —le recordó Bastien obstinadamente.

—Al menos cuatro miembros de tu equipo estaban presentes también. ¿Por qué me acusas a mí? —exclamó Lilah, furiosa.

—Tengo fe absoluta en mi equipo.

—Me alegro, pero está claro que te equivocas, al menos con uno de ellos —señaló Lilah—. Porque te aseguro que yo no he vendido esa información.

—No confío en ti —Bastien había mirado las pruebas desde todos los ángulos y la conclusión era que Delilah tenía que haber vendido esa información a la prensa.

Ella dejó la tableta sobre el escritorio.

—Sugiero que dejes de perder el tiempo sospechando de mí y busques al verdadero culpable. Además, ¿por qué iba a hacerlo? Tengo mucho que perder.

—¿Por qué?

—Le diste un trabajo a mi padre y eso significa mucho para mí. No haría nada que lo pusiera en peligro —respondió Lilah con vehemencia—. No soy tonta, Bastien. Sé que no cumplirías el acuerdo si te traicionase.

Él apretó los labios, pero no dijo nada. No podía contar con su lealtad. Era una mujer, no una empleada, y querría castigarlo por haberla puesto en esa situación. Eso le daba un buen motivo y, desde luego, esa noche había tenido la oportunidad de filtrar la noticia.

El daño estaba hecho y tendría que pagar una fortuna por la empresa o echarse atrás.

–Me has costado mucho dinero –le advirtió.

–¿No me has oído? No has escuchado una sola palabra, ¿verdad? –lo acusó Lilah, airada–. Pero lo diré una vez más: no soy culpable. Yo no le he contado nada a nadie. Esa noche hice dos llamadas, a mi padre y a mi madrastra. Y en ninguna de ellas mencioné absolutamente nada que tuviese que ver contigo. La mujer que se acercó a mí era una periodista de cotilleos... –Lilah dejó escapar un suspiro–. Sigues sin escucharme.

–No te creo.

Conteniendo su enfado a duras penas, Lilah apretó los puños. Incluso antes de responder a su acusación había sido juzgada y declarada culpable.

–Dime una cosa: ¿desconfías de todas las mujeres o solo de mí?

–Las mujeres son muy astutas para descubrir las debilidades de un hombre y aprovecharse de ellas –replicó Bastien.

–Y tu única debilidad es proteger tu margen de beneficios, ¿verdad? –Lilah cruzó los brazos sobre el pecho–. Lo que tú necesitas es que te planten cara de una vez.

Él enarcó una ceja.

–¿Qué quieres decir?

–Que no habrá nada entre nosotros hasta que descubras quién te ha traicionado y mi nombre quede limpio de toda sospecha.

–*Diavelos*, ¿que intentas decir?

–Nada de sexo hasta que esto esté solucionado –respondió Lilah–. Me niego a dormir con un hombre que me cree una mentirosa y una ladrona.

Un rubor oscuro acentuó los pómulos de Bastien.

–Ese no es el acuerdo.

–Tampoco lo es que me acuses de traicionar y vender tus secretos. ¡Al demonio el acuerdo! No puedes acusarme de algo así y luego actuar como si no hubiera pasado nada. Investiga a los empleados que estaban en la suite esa noche y a cualquiera que supiera de tu interés por esa empresa farmacéutica. Descubre quién te ha vendido y luego tendrás que pedirme disculpas.

Bastien la miraba, incrédulo.

–¿Disculpas?

–¡Sí, me pedirás disculpas aunque te cueste la vida! –exclamó Lilah, tan furiosa que no podía controlarse–. Me has insultado y me niego a aceptarlo. Y, por cierto, puedes quedarte con esto... –sacó el colgante del bolsillo y lo dejó sobre el escritorio–. Yo no te lo pedí, no lo quiero y no volveré a ponérmelo hasta que me hayas pedido disculpas.

–Yo no me disculpo nunca...

–Afortunadamente, nunca es demasiado tarde para aprender buenas maneras.

Lilah salió del estudio con Skippy siguiéndola como una sombra y se dirigió a la terraza para tomar el desayuno que Stefan había prometido.

Estaba temblando cuando se dejó caer sobre la silla, pero no lamentaba una sola palabra de las que había dicho. Tenía que ser dura para lidiar con él o se la comería viva. Bastien había cuestionado su integridad y eso era inadmisible. Ella no era ningún ángel, pero no mentía, ni engañaba a nadie.

La enfurecía que pudiese juzgarla tan mal después

de haberse convertido en amantes. Y que pensara eso dejaba claro que seguía siendo una ingenua sobre la naturaleza de su relación. Sus cuerpos se habían conectado, no sus mentes ni sus corazones. Bastien no la conocía como debería conocerla un amante, su primer amante. Pero eso no lo excusaba por pensar lo peor de ella.

Estaba convencida de que Bastien no tenía buena opinión de las mujeres en general, al menos de aquellas que compartían su cama. Tembló al recordar el frío brillo de los diamantes en su garganta la noche anterior. ¿Pensaba que los regalos caros excusarían su comportamiento? ¿Eso era lo que habían hecho otras mujeres, perdonarlo?

Mientras tomaba un té de menta, Lilah intentó ser realista. Bastien era un hombre increíblemente atractivo, increíblemente rico y maravilloso en la cama, tuvo que reconocer, poniéndose colorada. Para muchas mujeres, todo eso podría hacer que olvidase sus defectos, pero ella no podía. Aunque a Bastien le daría igual porque solo estaba interesado en el sexo.

Y cada vez que recordaba ese hecho era como darse de golpe contra una pared, concluyendo cualquier especulación.

Después de desayunar le pidió a Stefan una botella de agua y salió a explorar, con Skippy brincando a su lado, emocionado. No podía quedarse en el *château* sumisamente como si estuviere esperando que Bastien justificase su existencia.

Los jardines que rodeaban la casa eran típicamente franceses, formales y elegantes, con preciosos setos floridos y topiarios bien recortados flanqueando inmaculados caminos de gravilla. Suspirando, Lilah se dirigió a una cantarina fuente de piedra.

Bastien la observaba desde una ventana en el primer piso. Delilah correteaba como una niña, tirándole un juguete al perro, que no dejaba de ladrar. Delilah trastocaba su sentido del orden... a él no le gustaba lo inesperado y ella era inesperada en todos los sentidos.

Estaba dispuesto a admitir que no se portaba como si tuviera remordimientos. No parecía sentirse culpable de nada. Claro que él sabía que las mujeres podían actuar como estrellas de Hollywood. Su propia madre había engañado a su padre muchas veces, aunque Anatole había adorado a Athene hasta el final.

Pero mientras era fácil engañar a Anatole, engañarlo a él era imposible. Siempre había tenido una baja opinión sobre los seres humanos en general y prefería las duras verdades a las mentiras o las pretensiones. También había aprendido que cuanto más rico eras más intentaban aprovecharse de ti y siempre estaba alerta para alejarse de falsos halagos o engaños sexuales.

De hecho, cuando alguien le hacía daño él devolvía el golpe dos veces. No era débil, no era tonto. No perdonaba.

Ese había sido su mantra desde que era niño, cuando había tenido que demostrar que era más fuerte que su padre. Ninguna mujer se reiría de él como su madre se había reído de Anatole.

Su madre, Athene, había ridiculizado a su padre llamándolo «señor lo siento» porque cada vez que iba a visitar a su amante y a su hijo pedía disculpas en un vano esfuerzo por mantener la paz en esa doble vida que llevaba. Por eso Bastien no se disculpaba nunca. En su opinión, las disculpas eran debilidades, engaños para aplacar a alguien, una señal de cobardía.

Pero debía reconocer que no había pensado en las consecuencias de enfrentarse con Delilah inmediatamente después de ver el titular del periódico.

¿No debería haber comprobado sus sospechas, buscar una prueba definitiva?

¿Por qué había perdido los nervios de ese modo? Perder los nervios significaba perder la concentración, el control, e invariablemente eso provocaba problemas. Por eso nunca perdía los nervios. Sin embargo, lo había hecho con Delilah en dos ocasiones diferentes. Naturalmente, ella se hacía la inocente. ¿Qué otra cosa podía hacer?

–Voy a investigar a todos los miembros del equipo –le dijo Manos, su jefe de seguridad, unos minutos después–. Sé que la señorita Moore tuvo oportunidad de hacerlo, pero la verdad es que no parece ese tipo de persona.

–¿Tú crees? –murmuró Bastien, irónico, sin dejar de mirar el bonito trasero de Delilah con esos vaqueros cortos.

El deseo de tocarla era tan fuerte que le temblaban las manos. Querría quitarle ese pantalón y colocarse entre sus piernas...

Pero censuró de inmediato esa imagen incendiaria, esperando que no pensara salir del *château* con tan provocativo atuendo.

Bastien apretó los dientes. Su deseo por ella la hacía tan importante. Si supiera cuánto la deseaba lo usaría contra él... por supuesto que sí. Por eso prefería el inmediato aburrimiento que seguía a una conquista sexual. Tenía que moverse, buscar otra mujer, se dijo a sí mismo. Tenía que olvidarse de Delilah Moore y lo antes posible.

Pasó la mañana trabajando furiosamente para intentar arreglar el daño que había hecho la noticia en el periódico. Bajó al primer piso a la hora de comer y descubrió que estaba solo en la terraza porque Delilah había optado por tomar un simple bocadillo en la habitación. Apretó los dientes al ver a Skippy tumbado a la sombra. Evidentemente, Delilah había paseado lo suficiente como para dejar agotado al pobre animal, que tenía las patitas muy cortas.

Después de mirar al diminuto *dachshund* durante unos minutos, Bastien llenó un cuenco de fruta y otro de agua y los colocó a su lado en el suelo. Skippy se levantó de inmediato y empezó a beber. Después, tomó su juguete favorito y lo dejó a los pies de Bastien... donde fue ignorado por completo.

Llena de energía, Lilah paseaba por la habitación. ¿Era prisionera en el *château*? No iba a quedarse sentada, esperando, como si no tuviera vida propia sin que Bastien le diese órdenes.

Recordando el bonito pueblo de Lourmarin, frente al que habían pasado mientras iban al *château*, decidió que lo que necesitaba esa tarde era dar una vuelta. Contenta, se puso un alegre vestido de flores y unas sandalias y bajó para preguntarle a Stefan si era posible visitar el pueblo.

Unos minutos después un coche aparecía en la puerta. Lilah bajó los escalones de dos en dos, sonriendo cuando Ciro se sentó al lado del conductor.

Bastien se quedó desconcertado cuando descubrió que Lilah se había ido del *château* sin decirle nada. Frustrado por esas tácticas infantiles para evitarlo le pidió a Manos que llamase al conductor y cuando este le contó que iban a Lourmarin subió a su Ferrari, furioso.

¿Qué tenía Delilah? Era un problema y exigía mucho más esfuerzo y atención que ninguna otra mujer. ¿Por qué permitía que lo sacase de quicio? ¿Y por qué seguía deseándola a pesar de todo?

Era un día de mercado en Lourmarin y el humor de Bastien no mejoró mientras intentaba encontrar aparcamiento.

Cuando por fin oyó la risa de Delilah hasta eso aumentó su irritación porque habían pasado dos años desde la última vez que la oyó reír. Había algo increíblemente contagioso en su risa.

La vio sentada en la terraza de un café, con un vestido de flores, el pelo negro enmarcando su rostro mientras charlaba animadamente con Ciro. En un momento incluso tocó el brazo del guardaespaldas con una familiaridad que lo sacó de quicio.

Ciro la miraba con masculina admiración. Y no era una sorpresa.

–Delilah...

El sonido de esa profunda voz masculina borró la sonrisa de los labios de Lilah, que irguió la espalda como si la hubiera golpeado. Su ángel caído estaba

serio, pero nada podía anular su belleza, ni su hipno-
tizadora mirada.

–¿Estabas buscándome? –preguntó, dejando sobre
la mesa su copa de vino–. Dudo que tu presencia aquí
sea una simple coincidencia.

Como respuesta, Bastien la tomó del brazo para
levantarla de la silla.

–Gracias por cuidar de ella por mí, Ciro.

–¿Es que no puedo salir sola? –preguntó Lilah
mientras se alejaban de la terraza.

–Lo que no deberías hacer es flirtear con Ciro –respondió Bastien.

–No estaba flirteando –protestó ella, práctica-
mente corriendo para seguir su paso.

–Él debería saber que no debe acercarse tanto a
una mujer que es mía –añadió Bastien, con los dientes apretados, a punto de tomarla en brazos para su-
birla al coche ante el menor signo de rebelión.

–Yo no soy tuya –replicó Lilah con vehemencia–.
Sencillamente he aceptado acostarme contigo hasta
que te canses de mí. No hay nada más, no soy tuya.

Bastien vio que varias personas los miraban con
curiosidad y apretó los labios.

–Estás gritando. ¿Quieres un megáfono para hacer
esa confesión?

–Y tú estás tirando de mi brazo como si fuera una
niña pequeña –le recordó ella, enfadada–. Además,
no estoy gritando. Sencillamente, estaba recordán-
dote los términos de nuestra relación. He firmado un
acuerdo con el demonio y lo sé, pero yo he cumplido
mi parte del trato y lo mínimo que merezco es respeto y consideración.

–¿Y cuándo vas a respetarme tú a mí? –replicó Bastien.

–Cuando te lo merezcas –respondió Lilah sin la menor vacilación.

Bastien abrió la puerta del Ferrari, a punto de ponerse a gritar. Por primera vez desde que era niño sentía deseos de gritar de frustración. Evidentemente, Delilah era tóxica para él, trastocando su disciplina y haciéndolo reaccionar de manera anormal.

–¿Y por qué me llevas de vuelta al *château*? –preguntó Lilah–. Deberías evitarme como la peste.

Bastien enredó los dedos en su pelo para obligarla a girar la cabeza mientras con la otra mano acariciaba sus delicados pómulos. Buscar sus labios era inevitable, urgente.

Lilah, sin pensar, enterró una mano en su pelo negro. El deseo era como un río de lava ardiente, despertándola a la vida.

Nunca había sentido algo así. Era como si hacer el amor con Bastien la noche anterior hubiese roto un dique dentro de ella. Ya no podía contener el calor entre las piernas o el deseo de ser tocada íntimamente.

Pero cuando Bastien metió una mano bajo su vestido, de repente se apartó y puso la mano sobre su torso para evitar que siguiera.

–No –dijo con voz temblorosa.

Bastien maldijo en griego, el latido en su entrepierna insoportablemente doloroso. Quería hacerlo allí mismo, en el coche, quería enterrarse en ella. Apretó los dientes mientras se ponía el cinturón de seguridad y arrancaba a toda velocidad.

La tensión en el interior del coche podía cortarse

con un cuchillo. Y era culpa de Bastien. No debería haberla tocado, pensó, el orgullo haciendo que ignorase su propia insatisfacción. Pero cada vez que la tocaba la sorprendía, tuvo que admitir. Por alguna razón, Bastien hacía que desease arrancarle la ropa...

Mortificada, miró por el parabrisas, sin decir una palabra.

Manos estaba esperando en la puerta y Lilah aprovechó la oportunidad para subir a la habitación.

Bastien no quería público mientras hablaba con su jefe de seguridad, que tenía pruebas sobre la traición de uno de sus empleados. Andreas Theodakis había salido al balcón esa noche en Londres para fumar un cigarrillo y había usado el teléfono. Además, un colega le había contado que Theodakis era jugador.

Bastien supo entonces que había sido Andreas quien filtró la noticia de la posible compra de Farmacéutica Dufort. Andreas, no Delilah.

—Tendré la confirmación definitiva mañana —concluyó Manos.

Bastien tuvo que tomar una copa después de recibir esa información. Pero no pensaba disculparse con Delilah solo porque ella quisiera verlo humillado. De ningún modo.

Cenó solo frente a su escritorio, enterrándose en el trabajo como era su costumbre cuando algo lo perturbaba.

Un ruidito hizo que levantase la mirada de la pantalla y frunció el ceño al ver a Skippy, que debía haberse colado en el estudio cuando Stefan le llevó la cena.

El perrillo estaba usando su maletín como trampolín para subirse a un sillón. Por fin lo consiguió y luego, dando un tremendo salto, se lanzó sobre el escritorio y trotó hacia él con las orejas al viento para dejar su juguete al lado del ordenador.

Conteniendo la risa, Bastien tomó al perro en brazos antes de que se cayera y se rompiese una pata. Luego, mirando el juguete con cara de disgusto, lo tiró hacia el otro lado de la habitación y Skippy, ladrando alegremente, se lanzó a una loca carrera.

–Solo voy a tirarlo una vez, te lo advierto.

Incapaz de volver a concentrarse en el trabajo, salió al balcón y dejó escapar un suspiro. Le dolía el cuello.

Intentando librarse de Skippy, que no parecía querer despegarse de él, Bastien bajó al gimnasio para aliviar la tensión. Después de nadar un rato, y de una violenta sesión de puñetazos a un saco de arena, se metió en la ducha. Pero no estaba menos tenso.

Lo único que necesitaba era una buena noche de sueño para aclarar sus ideas, se dijo a sí mismo cuando sintió la tentación de ir a buscar a Delilah. No la necesitaba ni la quería...

Lilah, que había estado leyendo en la cama y se había quedado dormida con la luz encendida, despertó desconcertada alrededor de las tres. Cuando iba al año le pareció oír un ruido y apartó la cortina para mirar el jardín iluminado por la luna. No se movía nada, ni siquiera las sombras.

Cuando volvió a oír el gemido se dio cuenta de

que llegaba de la habitación de Bastien y atravesó el pulido suelo de madera para pegar la oreja a la pared, con el ceño fruncido.

Los gemidos se convirtieron en gritos y, sin pensar, se lanzó hacia la puerta. Bastien era una sombra oscura, un bulto que se agitaba en la cama, sus gritos y gemidos mezclados con palabras en griego.

No podía marcharse y dejarlo así, sufriendo. Estaba teniendo una pesadilla, nada más, pero debía ser una pesadilla aterradora.

Se acercó a la cama, inquieta, y puso una mano sobre su musculoso hombro para despertarlo.

—Despierta, Bastien, solo es un sueño —dijo en voz baja.

Capítulo 8

AGITÁNDOSE de forma salvaje, Bastien se incorporó de un salto y la tomó del brazo para tirarla sobre la cama.

—Soy yo —dijo ella, sorprendida—. Estabas teniendo una pesadilla, solo quería despertarte...

—Delilah —murmuró él, intentando centrar la mirada. Estaba despeinado, con los ojos brillantes, desconcertado—. ¿Qué haces aquí?

—Estabas teniendo una pesadilla —repitió ella, observando su rostro cubierto de sudor. Bastien temblaba de forma perceptible—. ¿Qué te ha agitado tanto?

—Lo siento, no quería empujarte... ¿te he hecho daño? —quiso saber él, encendiendo la lamparita—. *Diavelos*, Delilah... lo siento. Podría habértelo hecho. No deberías acercarte cuando estoy así... por eso siempre duermo solo.

—Es que estaba preocupada por ti.

—¿Por qué te preocupa un hombre que no te trata con respeto y consideración?

—No digas bobadas —Lilah ignoró la pregunta porque no podría responder de forma satisfactoria—. ¿Con qué estabas soñando?

Bastien apartó la mirada.

—Mejor no te lo cuento.

De repente, la envolvió en sus brazos, su cuerpo sacudido por violentos temblores.

–Intenta relajarte –lo animó ella–. Ya ha pasado.

–No te pongas en plan madre, *glikia mou* –protestó Bastien, apoyando la cabeza en la almohada y respirando despacio–. No es eso lo que quiero de ti.

–Pues no vas a conseguir nada más –le advirtió ella.

Una respuesta socarrona que lo hizo sonreír.

–Bueno, ¿con qué estabas soñando? Dímelo de una vez.

Bastien suspiró mientras se ponía las manos en la nuca.

–Me estaban pegando... es algo que me ocurrió de niño.

Sorprendida, Lilah levantó la cabeza para mirarlo a los ojos.

–¿Cuando eras niño? ¿Por qué?

–Mi madre estaba en la cama con su novio, que era traficante de drogas. Fui a despertarla porque había tenido una pesadilla y a su novio no le hizo gracia... –Bastien sacudió la cabeza–. Ella no intervino. Temía que le contase a Anatole que veía a otros hombres porque él pagaba todas nuestras facturas.

Lilah frunció el ceño, incrédula.

–¿Cuántos años tenías?

Bastien se encogió de hombros.

–Cinco o seis, no me acuerdo. Pero estuve a punto de morir porque Athene no me llevó al hospital hasta el día siguiente. Además, me obligó a decir que me había caído por la escalera.

–Dios mío...

Herido, así era como lo había definido Marielle Durand. Y por primera vez Lilah entendía que era cierto; lo veía en el constante brillo defensivo de sus ojos. Su madre no lo había querido y había sido cruel y egoísta...

Sus ojos se llenaron de lágrimas entonces. De adolescente se había compadecido de sí misma cuando su padre llevaba a casa a alguna mujer... y había tenido que compartir más de un desayuno con extrañas. Pero podría haber sido peor y por mucho que le hubieran avergonzado las aventuras de su padre, Robert Moore siempre la había querido y tratado con cariño.

Bastien no había tenido esa suerte.

–No sé por qué te lo he contado –dijo él entonces.

–Porque soy insistente cuando quiero algo –declaró Lilah–. Y porque estás asustado.

–Yo no me asusto de nada –replicó Bastien, como era de esperar.

–No, claro que no.

De repente, Bastien se levantó de la cama, llevándola con él.

–¿Qué?

–Necesito una ducha.

–Yo tengo que...

–Tú no vas a ningún sitio –la interrumpió él, entrando en la espaciosa ducha con ella en brazos.

–¿Qué haces? –exclamo Lilah, enfadada, cuando un chorro de agua empapó su camisón, pegándolo a su cuerpo como una segunda piel.

Bastien sabía que estaba actuando como un loco, pero le daba igual porque su ansia por Delilah en ese momento era abrumadora. La apretó contra su torso y buscó sus labios ansiosamente, apartando el pelo mojado de su rostro.

Lilah apoyó las manos en sus anchos hombros para no perder el equilibrio. La intensidad del beso la había tomado por sorpresa, pero su lengua exigía una respuesta...

Reconoció la fuerza de su deseo, sospechando que Bastien no era capaz de llevar siempre el control. Más que sorprenderla, esa sospecha la excitó como nunca porque Bastien era generalmente tan controlado que la sacaba de quicio. De hecho, la pasión que estaba demostrando era demasiado para ella y se le subía a la cabeza más que el vino que habían tomado por la tarde.

Pasó las manos por su fuerte torso, sintiendo la urgente erección contra su cintura y, antes de que pudiera pensar en lo que estaba haciendo, se había puesto de rodillas. El agua caliente caía sobre su cabeza, separándola del mundo y de las inhibiciones que le impedían experimentar. Por primera vez en su vida se sentía libre para hacer lo que deseaba. Quería hacer aquello y se sentía orgullosa de ese arrebato de pasión.

Deslizó sus delgados dedos por los fuertes muslos masculinos, cubiertos de vello oscuro, y sonrió al notar la feroz tensión de Bastien cuando inclinó la cabeza para mirarla.

Dejando escapar un gruñido ronco, se apoyó en la pared de azulejos y arqueó las caderas para facilitarle la tarea, sin intentar esconder su placer mientras lo acariciaba con la boca, la lengua y los ágiles dedos.

Su potente reacción excitó aún más a Lilah. Por una

vez era ella quien llevaba el control y lo que le faltaba en experiencia lo compensaba con creatividad y entusiasmo.

Permitirse perder el control era una novedad para Bastien; una novedad muy seductora. Y cuando no pudo seguir aguantando el placer que provocaba su ardiente boca la tomó en brazos, empujándola contra la pared y levantando su camisón para enredar las piernas de Lilah en su cintura. Empujó hacia el glorioso, estrecho y húmedo canal con un rugido de masculino placer, sintiendo que estaba a punto de perder la cabeza.

Aun un poco escocida por la experiencia de la noche anterior, Lilah sintió cada centímetro del duro y rígido miembro mientras entraba en ella. Le echó los brazos al cuello para no perder el equilibrio y apoyó la cabeza en la pared mientras entraba en ella, se apartaba y empujaba de nuevo, su corazón desbocado, el aliento, rompiéndose en su garganta.

Tan sensible estaba que cuando Bastien incrementó el ritmo de sus embestidas el placer llegó a una intensidad casi dolorosa. Pero por fin él calmó esa tormenta y Lilah gimió de gozo, moviendo las caderas hacia delante cando llegó al clímax, demasiado poderoso como para controlarlo, enviando una explosión de sensaciones por todo su cuerpo hasta que cayó sobre el torso de Bastien, exhausta.

Cuando por fin pudo bajar de la nube, Bastien estaba quitándole el empapado camisón y envolviéndola en una toalla.

–No te has disculpado... esto no debería haber ocurrido –murmuró Lilah.

–Lo siento, saqué conclusiones precipitadas y me equivoqué. Parece que uno de mis hombres es el culpable de la filtración a la prensa –le confesó Bastien a regañadientes, tomando otra toalla para secar su pelo.

–¿Lo ves? Ya te lo dije.

–Perdí los nervios contigo y lo siento. No suelo hacerlo –murmuró él a modo de explicación–. Cuando uno pierde los nervios comete errores.

–¿Entonces te estás disculpando? –susurró Lilah, débil como un gatito mientras la tumbaba sobre la cama y la cubría con una toalla.

Bastien no respondió. Él no se disculpaba nunca, pero no le importaba que ella lo creyese. Delilah seguía afectándolo de una forma que no podía entender. Lo hacía sentir vivo, loco de deseo, y por alguna razón no se cansaba de ella. Un solo beso hacía que quisiera más y más.

Tomó su cara entre las manos, disfrutando de la suavidad de su piel y de la belleza de sus facciones. Saboreando sus rosados labios el deseo se convirtió en una tempestad.

Bastien besaba con la misma potencia salvaje con la que hacía el amor, pensó Lilah, mareada. El incendio que provocó en su pelvis cuando sus lenguas se encontraron en un íntimo asalto hizo que se apretase contra él. El deseo era como una tormenta eléctrica, encendiendo cada sitio que tocaba, desde las puntas de sus sensibles pechos a los delicados pliegues entre los muslos.

–Sigo deseándote, *glikia mou* –los asombrosos ojos dorados brillaban de sorpresa ante esa anomalía mientras pasaba los labios ansiosamente sobre sus pechos, lamiendo y mordisqueando hasta hacer que se agitase, frenética de deseo.

La atormentó con todas las caricias carnales que había aprendido en su vida y ella gimió su nombre una y otra vez. Y a Bastien le gustaba mucho cómo sonaba su nombre en los labios de Delilah.

Lilah no creía que Bastien pudiese hacer que lo desease de nuevo tan pronto, cuando aún estaba exhausta, pero de algún modo él había llevado al borde del precipicio una vez más y la primera embestida del poderoso cuerpo masculino le pareció gloriosamente necesaria.

Arqueó la espina dorsal mientras un salvaje torrente de sensaciones la hacía suspirar. Bastien abrió sus piernas y se colocó sobre ella embistiéndola con todas sus fuerzas. Lilah intentaba moverse, todas sus terminaciones nerviosas electrificadas por el ritmo pagano de sus embestidas y por la inexorable aproximación al clímax. Cuando llegó, se rompió como un cristal, sorprendida por la intensidad de la sensación.

Cayó de nuevo sobre la almohada, agotada por completo, mientras él gruñía y temblaba de placer como un animal satisfecho.

Bastien respiró el aroma de su champú mientras intentaba recuperar el aliento. Su sedoso pelo olía como una pradera en verano y, sin pensar, levantó su oscura cabeza para darle un beso en la frente.

–Eres la mejor cura para una pesadilla, *glikia mou* –susurró, apartándose para entrar en el baño.

Pero entonces se dio cuenta de algo. No había usado preservativo... ni esa última vez ni en la ducha.

Era un error muy peligroso y mientras el agua golpeaba su cabeza se le encogió el corazón al recordar uno de los peores recuerdos de su vida. Sabía lo que debía hacer, sabía que en aquella ocasión no se atrevería a darse la vuelta y esperar que tuvieran suerte.

Delilah tenía que saber que, pasara lo que pasara, ella y su hijo estarían a salvo. Él se encargaría de ello.

Con una toalla anudada en la cintura volvió al dormitorio y procedió a desconcertar a Lilah con una pregunta que a ella le pareció totalmente inapropiada.

—¿Por qué me preguntas eso? —exclamó, poniéndose colorada.

—Hemos hecho el amor dos veces sin preservativo —respondió Bastien—. Yo me hago pruebas regularmente, y sé que estoy limpio, no hay ningún riesgo. Pero estoy intentando calcular las posibilidades de que hayas quedado embarazada.

Lilah se quedó lívida. No había pensado en ello... tan perdida en la pasión del momento como él. Aunque sabía lo importante que era tomar precauciones para evitar consecuencias.

Avergonzada por haber sido tan temeraria e inmadura, respondió a sus preguntas sobre su ciclo menstrual y vio que fruncía el ceño.

—Podrías haber quedado embarazada. Eres joven, fértil... hay muchas posibilidades —murmuró, apretando los dientes—. Nos casaremos en cuanto pueda organizar la boda.

—¿Casarnos? —repitió Lilah, sentándose en la cama de golpe.

—Debes saber que pase lo que pase estaré a tu lado

y una alianza es la única seguridad que un hombre puede ofrecerle a una mujer en esta situación.

–La gente no se casa solo porque hayan olvidado usar preservativo –susurró ella–. Eso sería una locura.

–Sé muy bien lo que hago. El embarazo de mi primer hijo fue interrumpido cuando yo tenía veintiún años –le explicó Bastien, dejándola perpleja–. Me niego a pasar por esa experiencia otra vez.

–Pero yo...

–Así que nos casaremos –siguió él–. Y si al final no hay razón para que sigamos casados, nos divorciaremos –le aseguró, como si casarse y divorciarse fuese lo más natural del mundo.

–Pero no podemos casarnos solo por si yo estuviera embarazada –murmuró Lilah, incrédula.

–Si fuera así y estuviéramos casados la tentación de interrumpir el embarazo sería menor –señaló Bastien–. No tenemos que anunciar nuestro matrimonio ni arrastrar a nadie en este asunto. Será una boda íntima, solo lo sabremos nosotros.

Atónita, Lilah apoyó la cabeza en la almohada. Aquello era increíble. La sorprendente revelación de Bastien sobre su pasado y el imposible futuro que le ofrecía...

–Hablaremos mañana. Te estás poniendo en lo peor y no es necesario.

–No, yo ya he pasado por lo peor –la contradijo él.

–¿A qué te refieres?

–Perdí el hijo que quería porque una mujer decidió que ella no estaba interesada.

Lilah hizo una mueca al notar la amargura en su tono, maravillándose de que estuviese contándole algo tan íntimo. ¿Quién sería esa mujer? Bastien estaba mostrándole una parte profunda y sensible de su personalidad que desconocía hasta ese momento y se preguntó cómo habría sido para él perder un hijo al que quería habiendo sido un niño que nadie deseaba.

Se le encogió el corazón al pensarlo. Evidentemente, había llorado la pérdida de ese hijo, pero también había interpretado la interrupción del embarazo como un rechazo personal, una humillación. Y eso le parecía aún más triste.

Bastien volvió a su habitación sin decir nada más y ella se estiró en la enorme cama, preguntándose por qué deseaba que se hubiera quedado... y por qué lo que le había contado la había dejado tan entristecida.

¿Había amado a la mujer que no quiso tener a su hijo? ¿Por qué le molestaba que hubiese amado a otra mujer? Claro que si fuera así, Bastien no sería tan frío, distante e intocable como pensaba. Le había importado esa mujer, se había sentido dolido. ¿Por qué eso tocaba algo profundo dentro de ella? ¿Por qué le dolía? No podían ser celos... no, imposible.

Le daba igual, se dijo a sí misma, agitada. Bastien Zikos era simplemente el hombre con el que se acostaba para cumplir un contrato. Eso era todo lo que Bastien quería de ella y lo que ella quería de él era que reabriese la fábrica y le diese un puesto de trabajo a su padre.

Pero sabía que estaba mintiéndose a sí misma. Dos años antes, cuando se conocieron, había sentido algo por él casi de inmediato, pero la atracción de

Bastien había sido superficial, sexual. Y nada había cambiado desde entonces. Aunque estuviese embarazada, aunque aceptase casarse con él, nada cambiaría entre ellos. Si no había conseguido su afecto desde el principio, no iba a conseguirlo por acostarse con él.

¿Pero cómo se atrevía a pensar que iba a interrumpir el embarazo en caso de que estuviese esperando un hijo? No tenía derecho a pensar eso, y tampoco a intentar controlar su decisión.

Demasiado cansada y angustiada, Lilah por fin se quedó dormida.

A la mañana siguiente la conversación con Bastien le parecía irreal y seguía pensativa cuando bajó a desayunar.

Bastien la vio atravesar la terraza, una figura esbelta, delgada, con un vestido azul que destacaba su diminuta cintura y sus largas piernas. Parecía tan joven con el pelo negro cayendo sobre los hombros...

Con un pantalón de color crema y una camiseta negra, Bastien estaba apoyado en la barandilla de piedra, con una taza de café en la mano. Recién afeitado, relajado, su cuerpo exudaba poder, sofisticación y un carisma que le robaba el aliento.

Lilah tuvo que cruzar las piernas y se puso colorada al notar la humedad entre los muslos.

–He estado pensando... y creo que te preocupas por algo que no va a pasar. No es tan fácil quedar embarazada –empezó a decir para distraerlo. Bastien conocía bien a las mujeres y no quería que notase su reacción–. Mi madrastra tardó meses en concebir.

–No voy a cambiar de opinión sobre el matrimonio –le advirtió él, secretamente impresionado por su falta de avaricia–. Mis abogados están redactando un acuerdo de separación de bienes ahora mismo...

Lilah se sirvió un té.

–¿Entonces hablas en serio?

–Puede que no te parezca obvio en una relación como la nuestra –empezó a decir Bastien con tono grave, viéndola mordisquear un cruasán con inconsciente sensualidad–. Pero si estás embarazada, tengo mucho que ofrecer como padre y marido...

¿Quién sería ella?, se preguntó Lilah. ¿Quién era la mujer que tanto daño le había hecho cuando apenas era un crío?

–¿Quién era esa mujer?

–Ocurrió hace mucho tiempo, no hay por qué hablar de ello.

Lilah levantó la barbilla.

–Si quieres que me case contigo tengo derecho a conocer la historia.

Bastien dejó escapar un suspiro.

–Su nombre es Karina Kouros y es hija de un importante empresario.

–¿Griego?

–Sí, claro. Salía con la pandilla de mi hermanastro, Leo. Yo sabía que le gustaba, pero él la veía solo como una amiga.

–Qué complicado.

–Nada que yo no pudiese controlar entonces... o eso pensaba. Tenía mucha confianza en mí mismo incluso a esa edad, pero me equivoqué –admitió él–.

Marina me gustaba y nos acostamos juntos solo una vez, pero yo quería más. Entonces no me daba cuenta, pero estaba usándome para que Leo se fijase en ella.

–Pero erais hermanos. Me parece mal que provocase ese problema entre vosotros.

–Para ser justo, Marina no quería causar problemas y Leo y yo nunca nos hemos llevado bien. También sé por qué interrumpió el embarazo sin decirme nada –admitió él–. Yo era hijo ilegítimo y no tenía un céntimo a mi nombre... no era precisamente un buen partido para la hija de un multimillonario. Desgraciadamente, cuando Leo se enteró de que la había dejado embarazada Marina mintió para salvar la cara y fingió que yo la había convencido para que abortase. Leo ha tenido eso contra mí desde entonces.

–Qué injusto –opinó Lilah.

Bastien se encogió de hombros.

–La vida es injusta, por eso prefiero hacer mi propia suerte y mi propia fortuna. No le debo nada a nadie y así es como me gusta, *glikia mou*.

–Pero yo prefiero no arriesgarme a un matrimonio innecesario –replicó ella–. Creo que deberíamos esperar para ver si tenemos algo de qué preocuparnos.

Los ojos de Bastien se oscurecieron.

–No, esta vez no.

–Aunque estuviese esperando un hijo, no creo que quisiera interrumpir el embarazo –le confesó Lilah.

–Lo haremos a mi manera. Nos casaremos.

–No es eso lo que yo quiero.

–Me da igual. Este es un cambio en nuestro acuerdo inicial, acostúmbrate a la idea –anuncio Bastien sin vacilación–. Tienes unos días para pensarlo. Debo ir a

Asia para solucionar un problema en una de mis fábri-
cas.

Ella tuvo que hacer un esfuerzo para no levantarse
y dejarlo con la palabra en la boca.

–¿Cuánto tiempo estarás fuera?

–Una semana más o menos.

Lilah tomó una segunda taza de té mientras Bastien hablaba por teléfono en francés. «Acostúmbrate
a la idea», le había dicho. ¿Un cambio en el acuerdo
original? ¿Estaba amenazándola? ¿Negarse a casarse
con él sería una ruptura del acuerdo? ¿Se atrevería a
hacerlo?

¿Y qué haría si estuviese embarazada?

Lilah empezó a sudar. Si estuviese embarazada
querría el apoyo de Bastien, pensó. Tal vez, solo tal
vez, aquella era una batalla perdida...

Capítulo 9

ERA un vestido precioso y exquisitamente sencillo que acentuaba la esbelta figura de Lilah. Con mangas largas de encaje, cuello barco y falda larga ajustada, su vestido de novia era una preciosidad. El vestido de novia, pensó, asombrada, mientras se miraba al espejo. Era el día de su boda y aún no podía creer que fuera a casarse con Bastien Zikos.

Unos días antes, acompañada por uno de los ayudantes de Bastien, Lilah había ido al ayuntamiento, donde tendría lugar la ceremonia, para cumplimentar un montón de documentos. Cuarenta y ocho horas antes de eso había firmado el acuerdo de separación de bienes en presencia de un abogado. Bastien había hecho una provisión para ella en caso de divorcio, ofreciéndole un acuerdo más generoso del que ella creía necesario.

–Míralo como una compensación –le dijo por teléfono cuando protestó por la enorme cantidad–. Tú no querías casarte conmigo, pero vas a hacerlo.

No sería un matrimonio de verdad, se decía a sí misma mientras se ponía al cuello el colgante de diamantes. ¿Y no era lo mejor? Bastien llevaba siete días fuera y lo había echado de menos casi desde el momento que se marchó. ¿Cómo era posible? ¿Cómo podía echar de menos a un hombre al que creía odiar, que la había chantajeado para mantener una relación sexual moralmente indefendible?

Lilah se acercó a la ventana y respiró profundamente, intentando calmarse. No se había encariñado con Bastien, no se había enamorado. Sencillamente, se sentía atraída por él. También había empezado a entenderlo mejor y sabía que su dura infancia lo había hecho duro y agresivo.

No estaba excusándolo, ¿verdad? No, se dijo a sí misma. Conocía todos los defectos de Bastien y, por lo tanto estaba a salvo. No iba a enamorarse de él, se prometió a sí misma.

Poco después sonó un golpecito en la puerta. Era hora de ponerse en marcha.

Manos le sonrió cuando salió de la habitación, las capas del vestido deslizándose sobre el suelo de madera. Bastien había hecho que varios diseñadores enviaran sus modelos y Lilah se había quedado sorprendida porque pensaba que sería una simple ceremonia civil.

–Debe parecer una boda normal –había decretado Bastien.

¿Pero cómo iba a ser normal cuando no había nadie de su familia? Lilah se sentía absurdamente culpable por estar a punto de casarse sin que su padre lo supiera.

Bastien estaba esperando en el pasillo. Con un fabuloso traje de chaqueta gris, estaba tan guapo como siempre y cuando se encontró con sus ojos dorados su pulso se aceleró.

–Estas guapísima –le dijo, tomando su mano cuando llegó al último escalón.

–¿Cuándo has vuelto?

–Al amanecer, pero he dormido durante el vuelo –respondió él mientras Stefan le ofrecía un ramo de flores.

Cuando llegaron a la puerta, un fotógrafo dio un paso adelante.

–No lo esperaba –admitió ella en voz baja.

–Este es un momento único –anunció Bastien.

–¿Pero a quién va a interesarle?

–Nuestro hijo estará interesado en el día de nuestra boda, ¿no te parece?

–Pero... –Lilah no terminó la frase porque el fotógrafo le pidió que sonriera.

Estaba convencida de que no habría ningún hijo, pero Bastien ya había decidido lo contrario.

Una limusina los llevó al ayuntamiento, un edificio de piedra color crema en el centro del pueblo. La ceremonia civil fue oficiada por una jueza. Lilah contuvo el aliento cuando Bastien le puso el anillo en el dedo y luego hizo lo propio, con cierta torpeza al pensar en lo que ese gesto significaba. Bastien era su marido a partir de aquel momento.

Cuando salieron a la calle, el fotógrafo estaba esperando y Lilah intentó sonreír, pero no le resultó fácil.

Acababa de subir a la limusina cuando un deportivo se detuvo al otro lado de la calle y una mujer gritó:

–¡Bastien!

Una delgada rubia corría alegremente para saludarlo. Llevaba un vestido de seda abierto en los costados para mostrar sus fabulosas piernas y un pantalón corto con estampado de leopardo.

Lilah pasó una mano por la falda del vestido mientras veía a la rubia besar a Bastien en ambas mejillas. La mujer no paraba de hablar, moviendo las manos expresivamente. Muy francesa, muy chic, tuvo que admitir, apartando la mirada. Pero lo que Bastien tuviese con aquella mujer no era asunto suyo.

Se le encogió el estómago y levantó la barbilla. No, eso no era ni cierto ni aceptable. Ella era la esposa de Bastien Zikos y, por lo tanto, todo había cambiado.

—¿Quién es? —preguntó cuando por fin se reunió con ella.

—Chantal Baudin, una de mis vecinas —respondió Bastien.

—Te has acostado con ella, ¿verdad?

En cuanto hubo hecho la pregunta lo lamentó porque ni siquiera sabía que estuviera en su cabeza.

—En varias ocasiones, desde que compré el *château* —respondió sinceramente Bastien—. Es modelo.

—¿Qué otra cosa podría ser? —Lilah se puso colorada porque sentía como si un demonio se hubiese apoderado de su cerebro y de su lengua.

—Solo somos amigos con derecho a roce —le aclaró Bastien—. Aunque eso no es asunto tuyo.

Ella lo miró a los ojos, desafiante.

—Claro que es asunto mío a partir de ahora —le aseguró—. Mientras estemos casados, tienes que serme fiel. No aceptaré otra cosa.

Un rubor oscuro tiñó los pómulos de Bastien.

—Eso suena como una advertencia.

–Lo es. ¿Esperas que yo te sea fiel?

–Por supuesto.

–Pues yo espero lo mismo. Mientras estemos casados, tienes las alas cortadas –anunció Lilah con satisfacción.

–Supongo que harás que el sacrificio de mi libertad sexual merezca la pena.

Al mirar esos ojos, brillantes como estrellas en un cielo negro, sintió un cosquilleo entre las piernas y se movió, incómoda, en el asiento. Incluso enfadada podía hacer que lo desease. Una mirada a esos altos y exóticos pómulos o a esos ojos fabulosos y se derretía.

El almuerzo los esperaba en el *château*. La mesa, adornada con un mantel de lino blanco y pétalos de rosa hizo que Lilah se emocionase. Todo era tan romántico... aunque nada de aquello era verdad.

Pero el almuerzo fue soberbio y mientras Bastien le contaba cómo había lidiado con el problema en la fábrica asiática intentó relajarse y no darle tantas vueltas.

Delilah tenía un aspecto tan delicado y femenino con ese vestido, pensó Bastien, preguntándose si estaría embarazada. Quería un hijo, tuvo que reconocer. Tal vez sencillamente estaba preparado para cambiar de vida. ¿Pero habría pensado lo mismo si se tratase de otra mujer?

–Debería cambiarme –murmuró Lilah después del café.

–Quiero quitarte ese vestido.

–Pero si aún es mediodía.

–Mi libido no se controla por el reloj. En cualquier

caso, somos una pareja recién casada y es lo normal
–dijo él mientras se levantaba de la silla.

Lilah se negaba a pensar en ellos como una pareja
de verdad, diciéndose que sería más sensato ver aquello como una simple extensión del acuerdo original.
En otras palabras, aparte del anillo que llevaba en el
dedo, seguía siendo la amante de Bastien y su entretenimiento entre las sábanas. Sería absurdo empezar
a pensar que era alguien importante o permanente en
la vida de Bastien Zikos.

Él la tomó del brazo para subir a la habitación,
pero cuando oyó el pitido del móvil señalando la re-
cepción de mensajes tuvo que contener un suspiro.
Bastien nunca, jamás, apagaba el teléfono y eso la sacaba de quicio.

Él miró el teléfono y frunció el ceño al leer un
mensaje de texto. Chantal estaba siendo muy molesta. Le había dicho que lo dejase en paz, que no estaba solo en el *château*, pero le daba igual. Tal vez
debería haber mencionado que acababa de casarse,
¿pero por qué dar la noticia cuando podría no haber
necesidad? Después de todo, si Delilah no estaba embarazada se divorciaría y sería libre como un pájaro
otra vez. Y eso era lo que quería, ¿no? Lo que siempre había querido, libertad sin reglas o ataduras.

Aún tenía que cansarse de Delilah, pero en una semana o dos lo conseguiría, estaba seguro. Aunque
debía admitir que no le gustaba la idea de despedirse
de ella. ¿Por qué ese pensamiento le parecía tan tur-
bador?

Y entonces la verdad lo golpeó como una bomba,
destrozando todo lo que siempre había creído sobre

sí mismo. No quería despedirse de Delilah, quería seguir a su lado.

Intentando racionalizar tan aberrante pensamiento, bajó la cremallera del vestido lentamente, admirando la piel de porcelana y el conjunto blanco de ropa interior.

Había esperado encontrar un conjunto de encaje azul para cumplir con esa antigua costumbre de algo nuevo, algo antiguo y algo azul.

—¿No llevas una liga azul?

—No ha sido una boda de verdad, así que no tenía sentido cumplir con la tradición —explicó Delilah.

Había pensado que sería más sentimental y que no lo fuera lo molestó.

—A mí me ha parecido real.

—No es real cuando ya estás planeando el divorcio antes de casarte —le recordó ella.

—No es sensato casarse sin firmar un acuerdo de separación de bienes, pero no voy a divorciarme de ti si estás embarazada —Bastien la sentó sobre la cama, deseando que dejase de hablar de divorcio.

—No creo que esté embarazada —murmuró Lilah, sintiéndose desnuda en ropa interior mientras él seguía vestido.

—El tiempo lo dirá. Y tengo una semana entera para conseguirlo.

Ella abrió los ojos como platos.

—¿Qué quieres decir con eso?

—Ahora que estamos casados sería absurdo tomar precauciones.

—En mi opinión, no sería absurdo. Sé que hemos

sido imprudentes, pero no quiero tener un hijo con un mujeriego –replicó Lilah.

Bastien se quitó la chaqueta y la corbata, que dejó sobre una silla.

–Si me das un hijo prometo que serás la única mujer en mi vida.

Esa oferta la dejó desconcertada.

–¿Tanto deseas tener un hijo?

Pero solo con ella, pensó Bastien. Delilah tenía grandes cualidades. No era avariciosa ni deshonesta o manipuladora, como otras mujeres que había conocido. Además, era leal y cariñosa con las personas que le importaban. Si a eso se añadía su belleza, Delilah Moore-Zikos era una mujer absolutamente especial.

Aunque no pensaba decírselo y menos cuando acababa de dejar claro que no quería tener un hijo con él. Pero no lo creía. Como él, Delilah tendía a esconder sus sentimientos, a juzgar la situación antes de desnudar su corazón o comprometerse.

Habiendo llegado a una decisión que lo asombraba, Bastien puso las manos sobre sus hombros.

–Quiero tener un hijo contigo.

–Pero ese acuerdo de separación de bienes...

–*Thee mou*, hablaremos de eso si me das un hijo.

Lilah se puso colorada.

–¿Y por qué crees que podría estar interesada en tener un hijo contigo?

Bastien enarco una ceja de ébano.

–¿No lo estás?

–¿Estamos negociando?

Apenas podía respirar. Estaba ocurriendo lo impensable: Bastien Zikos, el legendario mujeriego, estaba ofreciéndole fidelidad y un matrimonio de verdad.

–¿Negociando? –repitió él.

–Tal vez ni siquiera pueda quedar embarazada –dijo Lilah, intentando ser práctica.

–Si eso ocurriera lidiaríamos con ello, *glikia mou*. No espero que sea fácil. Nada que merezca la pena lo es.

Con el corazón henchido de alegría, porque ella pensaba lo mismo, parpadeó furiosamente para contener las lágrimas y concentrarse en el hermoso rostro bronceado.

–En ese caso, podríamos intentarlo –respondió temblorosa, temiendo estar arriesgándose, pero deseando darle una oportunidad.

¿Otra oportunidad para que le destrozase el corazón? ¿Otra oportunidad para alejarse de ella sin mirar atrás y consolarse con otra mujer? ¿Se casaría Bastien alguna vez? ¿Se atrevería ella a tener un hijo cuando su relación apenas tenía fundamento? ¿Y por qué estaba pensándolo siquiera?

Mirando su hermoso rostro sintió que se quedaba sin aliento. La razón por la que quería darle otra oportunidad era que se había enamorado de él dos años antes, aunque había luchado contra ese sentimiento. Tristemente, llevando su alianza en el dedo era más débil y estaba más abierta a la esperanza del amor.

Y esa era una verdad que ya no podía seguir ignorando. Amaba a Bastien Zikos, se había enamorado de aquel hombre la primera vez que puso sus ojos en él.

–Estás muy seria –Bastien se quitó la camisa, revelando un torso que era la estrella de todas sus fantasías eróticas. Tenía un cuerpo tan atlético, tan hermoso. Hacía ejercicio para mantenerse en forma y los musculosos pectorales y abdominales eran la prueba de ello.

Cuando se apoderó de su boca, mordiendo su labio inferior antes de exigir entrada en el íntimo espacio, Lilah experimentó un cosquilleo de placer. Puso las manos sobre su torso, rozando el suave vello oscuro antes de deslizarlas hacia abajo para tocar su rígido miembro.

Dejando escapar un gemido ronco, Bastien la tomó en brazos para llevarla a la cama, colocándola sobre él.

–Te deseo –dijo Bastien, sus ojos oscuros lanzando chispas.

–Eres tan agresivo –lo regañó Lilah mientras, obedientemente, se inclinaba hacia delante para que le quitase el sujetador.

–Ha pasado una semana –le recordó él–. Una larga, interminable semana –añadió, tumbándola de espaldas.

–Ya sabía que no iba a quedarme encima –bromeó Lilah, irónica.

Bastien rio.

–Algún día, muy pronto –le prometió– pero hoy no.

Empleando toda su pericia, toda la sabiduría sensual que había adquirido con los años, Bastien besó cada centímetro de su cuerpo, disfrutando de cada suspiro, de cada grito de gozo. Cuando llegó al clímax gritando su nombre esbozó una sonrisa. Y, sin dejar de sonreír, le dio la vuelta para ponerla de rodillas.

Deslizó la punta de su erección sobre los húmedos pliegues y luego, cuando Delilah dejó escapar un gemido de protesta, se enterró en ella con fuerza.

Lilah sentía como si estuviera flotando. Extraordinariamente consciente de cada embestida, su corazón se volvió loco y su pulso se aceleró. El deseo llegó a una altura insospechada cuando clavó en ella sus caderas, aumentando el ritmo hasta que perdió la noción del tiempo. El placer la hizo gritar cuando por fin llegó a un orgasmo interminable.

—No creo que pueda moverme nunca más –susurró después.

—Yo te moveré –Bastien la abrazó, su aliento acariciando sus mejillas, su cuerpo cubierto de sudor.

Lilah sonrió.

—No tengo la menor duda.

—Espero que sepas que no vamos a levantarnos de la cama en todo el día –dijo él entonces–. Pero te compensaré mañana. Voy a tomarme el resto de la semana libre y tendrás toda mi atención, *kardoula mou*.

Lilah frotó su cara contra el poderoso hombro moreno, sintiéndose asombrosamente feliz. Lo amaba, estaba con ella y tenía toda su atención. Por el momento, era suficiente. Y, por primera vez, no se sentía como la amante de Bastien sino como su mujer.

Y le gustaba.

Una semana después de su boda, Lilah despertó en medio de la noche y vio que Bastien se había levantado de la cama y estaba paseando desnudo mientras hablaba en griego por teléfono, sus facciones tensas y angustiadas. Él le hizo un gesto cuando abrió la boca y tuvo que esperar, preguntándose qué habría pasado para que pareciese tan preocupado.

Tantas cosas habían cambiado en una semana. Bastien había derribado algunas barreras y compartía cama con ella cada noche. Solo una vez había vuelto a tener una pesadilla, pero cuando despertó y la encontró sobre él Bastien se olvidó del mal sueño para dedicarse a cosas más excitantes.

Durante el día exploraban los viñedos alrededor del *château* y habían ido a un concierto de jazz cerca de Vaison-Ventoux-en-Provence. También habían recorrido vibrantes mercados y calles empedradas para tomar café en plazas llenas de gente. Los pueblos eran pintorescos y las vistas espectaculares.

Bastien le había comprado un precioso bolso de piel en una tienda de artesanía y se había reído con ganas al ver la gallina de colores que ella compró para Vickie, preguntándole cómo podía decir que quería a su madrastra y comprarle luego esas cosas.

También habían cenado en restaurantes de la localidad, aunque aún no habían encontrado un sitio que pudiera competir con la fabulosa cocina de Marie. Algunas noches hacían el amor hasta el amanecer y algunas tardes no salían de la cama hasta que el hambre los obligaba a hacerlo. El deseo de Bastien por ella era insaciable y Lilah se había vuelto más aventurera.

Lo único que evitaba que se relajase del todo era no saber cómo reaccionaría Bastien si no estuviese embarazada. ¿Era a ella a quien deseaba de verdad o solo estaba dejándose llevar por su deseo de ser padre?

Podría tener un hijo con cualquier otra mujer, ¿no?

No le gustaba pensar que estar en el sitio y el momento adecuado era la única razón para que Bastien hubiese buscado una relación duradera con ella. En cualquier caso, en unos días sabría si estaba embarazada o no. Y aun así nunca podría decirle que lo amaba por miedo a que se sintiera atrapado.

–¿Qué ocurre? –le preguntó cuando por fin cortó la comunicación.

–Era mi hermano, Leo –respondió él, con expresión seria–. Mi padre está en el hospital en Atenas, ha sufrido un infarto. Leo dice que no hay necesidad de que vaya, que él me contará como va todo, pero...

–Naturalmente, tú quieres estar al lado de tu padre –lo interrumpió Lilah.

–Pero también naturalmente, Leo y su madre no me quieren allí.

–¿Por qué naturalmente? –insistió ella–. Anatole es tanto tu padre como el de Leo.

–He vivido durante años con la familia de mi padre, pero nunca he sido parte de la familia –dijo Bastien irónico–. Nunca soy una visita agradable. La madre de Leo, Cleta, me odia.

Lilah apretó los labios.

–Después de los años que han pasado tras la muerte de tu madre y los años que has vivido en casa de Anatole, yo diría que ese es su problema –anunció con convicción–. No dejes que nadie te haga sentir como si no tuvieras derecho a ser el hijo de tu padre. Eres su hijo y nadie puede quitarte eso.

Un brillo fiero iluminó los ojos de Bastien, acentuando su gesto de preocupación.

–Quiero verlo. Nos iremos en cuanto pueda organizar el viaje.

Capítulo 10

FUERON directamente del aeropuerto al hospital y Lilah se quedó un poco atrás cuando entraron en la sala de espera porque a primera vista parecía estar llena de gente.

Objeto de todas las miradas cuando entró en la habitación, Lilah se puso colorada. Estaba casada con Bastien, pero no se sentía como un miembro de la familia.

Una mujer bajita y voluptuosa, con un abrigo de brocado a juego con el vestido y más diamantes de los que Lilah había visto nunca, miró a Bastien con cara de desdén.

–¿Cómo te atreves a traer a una de tus fulanas al hospital?

Un hombre alto y moreno le dijo algo en griego mientras Bastien la tomaba por la cintura.

–Quiero presentaros a mi mujer. Delilah, te presento a Cleta Zikos, la mujer de mi padre... mi hermanastro, Leo y su mujer, Grace.

–¿Tu mujer? –exclamó la guapa pelirroja con acento británico–. ¿Cuándo os habéis casado?

–Hace muy poco tiempo –Lilah agradecía que la mujer de Leo fuese tan amable en comparación con

la agria esposa de Anatole, a quien no había respon-
dido como merecía porque estaban en un hospital.

Evidentemente, Cleta nunca había tratado a Bastien como un hijo y lo despreciaba porque su madre
había sido la amante de su marido.

El hermano de Bastien, Leo, dio un paso adelante
para felicitarlos.

—Pensé que jamás vería este día —bromeó.

Aparte de la similar estatura y complexión, los dos
hombres no parecían hermanos. El malestar entre
ellos era evidente mientras hablaban en griego, seguramente sobre el estado de salud de su padre.

Grace puso una mano en su brazo, llevándola hacia unas sillas al fondo de la sala.

—Cuéntame, Delilah. Leo estaba convencido de
que Bastien seguiría soltero para siempre.

—Todo el mundo, salvo Bastien, me llama Lilah.

—Las dos estamos casadas con dos tipos muy testa-
rudos —bromeó Grace—. A ninguno de los dos le gusta
ceder.

Lilah levantó la mirada cuando en la sala entró una
mujer morena, alta y guapa a la que Cleta Zikos sa-
ludó en griego.

—¿Quién es?

—Marina Kouros, una amiga de la familia.

Y el primer amor de Bastien, pensó ella, con el corazón encogido.

Evidentemente, Bastien tenía buen gusto incluso
a los veintiún años porque la morena era una belleza
clásica. Sonreía mientras hablaba con Cleta, pero la
sonrisa se borró de su rostro al ver a Bastien. Él se limitó a saludarla con sequedad, pero le pareció que

miraba a su antigua amante durante más tiempo del necesario y, de repente, experimentó una punzada de celos.

¿No decían que un hombre nunca olvidaba a su primer amor? Lilah miró entonces la mano de Marina, en la que no llevaba alianza, de modo que seguía soltera.

–Propongo que Marina, tú y yo vayamos a tomar un café –sugirió Grace–. Nosotras no podemos ver a Anatole, así que es absurdo seguir aquí. Cleta, te invitaría, pero sé que no te irás del hospital hasta que hayas visto a tu marido.

–Sí, claro.

–Me reuniré contigo después –dijo Bastien, aparentemente contento de perderla de vista.

–Puedo quedarme –sugirió Lilah.

–No necesito apoyo, *hara mou*.

Esa era una cuestión de opiniones, pensó Lilah, evitando la mirada resentida de Cleta y la fría y curiosa de Leo. En tal compañía Bastien se quedaría muy solo y no quería que lo pasara mal. Aunque en realidad siempre había estado solo, pensó con tristeza.

Seguía siendo tratado como el hijo ilegítimo, el extraño al que todos ignoraban y con quien mantenían las distancias.

Bastien, como era de esperar, había aprendido a vivir distanciándose de las emociones todo lo que era posible porque había visto demasiadas escenas cuando era niño.

–¿Cómo te llevas con tu suegra? –preguntó Lilah cuando las tres mujeres entraron en el ascensor.

–No nos vemos a menudo –respondió Grace–. Es un poco estirada –añadió con una sonrisa.

Lilah hizo una mueca. Le dolían un poco los pechos, pero solía ocurrirle eso durante su ciclo menstrual. Por otro lado, iba con retraso y pensaba comprar una prueba de embarazo a la mañana siguiente, pero estaba convencida de que sería una pérdida de tiempo. No podía estar embarazada.

Apoyó la espalda en la pared del ascensor, sintiéndose increíblemente cansada, y notó que Marina la miraba fijamente.

–Me sorprendió mucho saber que Bastien se había casado –comentó.

–Logró convencerme –respondió fríamente Lilah, estudiando a la mujer cuyas mentiras habían hecho tanto daño.

–Debe tener miedo de perderte –opinó Grace.

–Pocas cosas asustan a Bastien –dijo Lilah, ridículamente incómoda en presencia de Marina.

Experimentaba un cóctel de celos y resentimiento y decirse a sí misma que no tenía derecho a esa reacción no ayudaba nada. Odiaba saber que Marina se había acostado con Bastien, odiaba que Bastien la hubiese deseado y que Marina, pudiendo tenerlo, lo hubiera rechazado, mintiendo y emponzoñando la relación con su único hermano.

–Estás muy callada –comentó Grace en la limusina.

–He dormido durante el vuelo, pero sigo muy cansada –le confió Lilah con una sonrisa de disculpa.

–¿Cuándo conociste a Bastien? –le preguntó Marina.

–Hace dos años.

–Es un tipo estupendo –comentó Marina en un tono de intimidad que la molestó–. Muchas mujeres te envidiarían.

«¿Incluyéndote a ti?», se preguntó Lilah, pensando que tal vez la morena lamentaba haber rechazado a Bastien desde que se convirtió en un empresario de éxito.

Le sorprendía estar tan enfadada con una mujer a la que no conocía y, sobre todo, sentirse tan protectora con Bastien.

Leo y Grace vivían en una casa palaciega y tenían una hija, Rosie, absolutamente adorable. Lilah se relajó en su presencia, pero solo hasta que empezó a preguntarse cuál sería la reacción de Bastien si no estaba embarazada. ¿Después de esa desilusión querría seguir casado con ella o eso sería suficiente para darle la espalda? Los hombres ricos y poderosos no lidiaban fácilmente con la decepción porque sufrían pocas.

Lilah sintió un escalofrío por la espalda mientras tomaba un té, intentando animarse al pensar que tal vez pronto volvería a la vida que había dejado atrás.

–Esperaba que cenásemos juntos alguna noche mientras estáis en Atenas –dijo Grace–. Para romper un poco el hielo.

–Creo que haría falta un picahielos para eso –replicó ella, irónica.

–Bastien no es un hombre muy familiar. Es un solitario –comentó Marina.

Lilah se irguió, molesta.

–Puede que se llevase mejor con su hermano si tú no hubieras agriado la relación mintiendo sobre lo que pasó entre Bastien y tú hace diez años –le reprochó sin pensar en lo que estaba haciendo.

Como respuesta al repentino ataque, las tres se quedaron en silencio. Marina había palidecido y Grace miraba a Lilah con gesto consternado.

–Yo... no sé qué decir –Marina se había ruborizado hasta la raíz del pelo.

–Pero yo sí. Delilah... es mejor que nos vayamos.

Lilah giró la cabeza y vio a Bastien en la puerta, claramente enfadado. Más que eso, estaba furioso.

–Lo siento, he metido la pata... no debería haber dicho nada –murmuró en cuanto estuvieron a solas en el coche.

–Hablaremos de ello en el apartamento.

–¿Cómo está tu padre?

–Ha sido un infarto leve, pero tendrá que cambiar de estilo de vida... comer menos, hacer más ejercicio –respondió él con sequedad–. Cleta se ha quedado con él, pero volveré al hospital más tarde.

Lilah miró el bronceado perfil, maldiciendo su mala suerte. No debería haber hecho pasar un mal rato a Grace en su propia casa... de hecho, no debería haber abierto la boca.

Había hablado impulsivamente, pero no lamentaba haberle dicho a Marina lo que pensaba de su comportamiento.

El apartamento de Bastien era un ático de estilo contemporáneo, espacioso y con unas vistas fabulosas de la ciudad.

Lilah dejó el bolso en una mesa del pasillo y se dejó caer sobre un sofá en el espacioso salón.

–Di lo que tengas que decir –lo urgió, aprensiva.

Bastien clavó en ella sus ojos dorados.

–¿Se puede saber qué te ha pasado? Te conté algo en privado y tú lo has usado contra Marina en público. No es asunto tuyo, Delilah. Me has avergonzado y has avergonzado a Grace.

–Si he avergonzado a Marina no lo siento en absoluto –replicó Lilah–. Merecía lo que le he dicho. Y no he especificado de qué estaba hablando, así que dudo que haya avergonzado a nadie más.

–¿Eso es todo lo que tienes que decir? –exclamó Bastien, furioso–. Sacas algo de mi pasado, algo que te conté en confianza... –suspirando, se pasó una mano por el pelo–. No puedo creer que te lo haya contado. Debería haber sabido que no se puede confiar en una mujer.

–¡No me vengas con esos absurdos prejuicios! –le advirtió Lilah–. Es que me molestó que Marina llegase al hospital como si nada, actuando como si fuese amiga de la familia.

–¡Es que es una amiga!

–Pero no es *tu* amiga –replicó ella–. Ha provocado muchos problemas entre tu hermano y tú por algo que es mentira. Deberías contárselo, Bastien. Tu orgullo te convierte en tu peor enemigo.

–No puedo creer que estemos teniendo esta conversación. Lo que haya pasado entre Marina y yo o entre Leo y yo no tiene nada que ver contigo. ¿Por qué demonios has tenido que intervenir?

–Tal vez, solo tal vez, estaba intentando hacer algo por ti.

–No tenías derecho a disgustar a Marina de ese modo.

Lilah se quedó sin habla. ¿Bastien estaba más preocupado por los sentimientos de su antigua amante que por los suyos?

–Sí, disgustarla –repitió Bastien–. Por supuesto que le has dado un disgusto, lo he visto en su cara. Ella sabía muy bien a qué te referías... no tenías que decir nada, Delilah.

De pie, alto, poderoso y devastadoramente atractivo, Bastien defendía a otra mujer en su cara. Era su marido, pero no estaba de su lado.

Sintió que su estómago daba un vuelco y tuvo que apoyarse en el brazo del sofá para controlar el mareo.

–La interrupción del embarazo le provocó una gran angustia –siguió él–. Marina tomó esa decisión, pero sé que le costó mucho y no merece que nadie le recuerde tan desagradable experiencia.

–Pero mintió...

–Mintió y se hizo la víctima para quedar bien con Leo, es verdad. Eso estuvo mal, pero Leo fue quien decidió creer su versión y no la mía.

Lilah sintió una oleada de náuseas. Por un lado Bastien tenía razón; ella no era una mala persona y sabía que no debería haber mencionado un asunto tan privado. Había sido una crueldad y la vergüenza la envolvió como una manta sofocante.

Se levantó, intentado escapar de la censura en los ojos de Bastien y lamer sus heridas en privado, pero de repente la habitación empezó a dar vueltas. Un gemido escapó de sus labios cuando, de repente, todo se volvió negro y cayó sobre la alfombra sin poder evitarlo.

Bastien se lanzó hacia adelante para tomarla en

brazos, experimentando algo muy parecido al pánico, aunque se negaba a reconocerlo. Él no se asustaba nunca, jamás, siempre lo tenía todo controlado.

Sacó el móvil para llamar a la casa de su hermano y preguntar por Grace. Ella le explicó sucintamente qué debía hacer y Bastien siguió sus instrucciones, furioso por haber desdeñado un curso de primeros auxilios, pensando que nunca necesitaría ese entrenamiento.

Cuando por fin llevó a Delilah al dormitorio principal ella empezaba a mostrar síntomas de recuperación. Abrió los ojos y un ligero rubor borraba su aterradora palidez.

Solo entonces Bastien pudo respirar de nuevo. Apartó el pelo de su cara con manos temblorosas...

Nunca había estado tan asustado en toda su vida y saber eso lo conmocionó. Le había gritado, la había condenado. ¿Y por qué había hecho eso?

«Tal vez estaba intentando hacer algo por ti», había dicho ella. Y empezaba a entender la importancia de esas palabras. ¿Cuándo había intentado nadie hacer algo por él? ¿Cuándo había intentado nadie protegerlo de las consecuencias de su propio comportamiento?

Delilah había intentado protegerlo.

Bastien tuvo que tragar saliva. Él no necesitaba la protección de nadie. Nadie lo había protegido de niño o de adolescente, ni su madre ni su padre, y había aprendido a buscarse la vida sin contar con los demás. Pero Delilah se había lanzado de cabeza a una situación difícil y delicada, en un vano intento de arreglar la relación con su único hermano.

Había notado que su mujer se ponía a su lado al ver cómo lo trataba la familia Zikos. Le importaba a pesar de los métodos que había usado para retenerla a su lado, a pesar de todos los errores que había cometido.

Bastien intentó respirar mientras la miraba como si la viera por primera vez.

–Dios mío, ¿qué ha pasado? –murmuró ella, sus ojos azules clavados en Bastien–. ¿Me he desmayado? No me había pasado nunca...

–Estás disgustada... ¿y cuándo has comido por última vez? –le preguntó él, empujándola contra la almohada cuando intentó incorporarse–. No te muevas, por favor. ¿Te encuentras mal?

Lilah hizo una mueca.

–Un poco, pero se me está pasando.

–Siento mucho haberte gritado –se disculpó. Y le sorprendió lo fácil que le resultaba disculparse cuando era algo que no hacía nunca.

–No me has gritado.

–Estaba preocupado por Anatole y sintiéndome culpable –admitió Bastien, desconcertado ante esa nueva confidencia–. Quiero mucho a mi padre, pero nunca he podido respetarlo y... sé que eso me convierte en un hijo terrible.

Lilah apretó su mano.

–No, yo creo que eso significa que eres lo bastante adulto como para entender que no es perfecto y, sin embargo, seguir queriéndolo. Y eso es bueno.

–¿Tienes una respuesta consoladora para todo? –murmuró Bastien, mirándola con ansiedad.

–Lo dudo, pero tenías razón sobre Marina. Decirle

eso ha sido una crueldad por mi parte. No quise entender la situación desde su punto de vista, solo desde el tuyo, y además tenía celos de ella, lo cual es aún menos comprensible –Lilah dejó escapar un largo suspiro–. Me avergüenzo por haber sido tan insensible.

–Estabas pensando en mí y en mi relación con Leo, ¿pero por qué sentías celos de Marina? Han pasado casi diez años desde que estuve con ella... cuando los dos éramos jóvenes y tontos.

Lilah llevó oxígeno a sus pulmones.

–Siento celos de cualquier mujer con la que hayas estado. Ahí está, lo he dicho. No sabía que fuese tan posesiva, pero lo soy.

–Como yo –dijo Bastien–. Soy irracionalmente celoso cuando se trata de ti, y nunca he sido así con ninguna otra mujer. Ni siquiera podía soportar verte charlando con Ciro.

–¿En serio? –exclamó ella, mirándolo con cara de sorpresa.

–Estoy actuando como un loco desde que volví a verte. Desgraciadamente para ti, me gusta mi vida mucho más contigo en ella. De hecho, sencillamente despertar por la mañana y encontrarte a mi lado me hace feliz –le confesó Bastien por fin.

–¿De verdad? –Lilah no podía creerlo–. ¿Seguirás alegrándote si no estoy embarazada?

–*Diavelos*... ¿qué más da eso? Si no te quedas embarazada será porque no tiene que ser y lidiaremos con ello. Si quieres seguir conmigo, claro.

Lilah levantó la cabeza de la almohada y le echó los brazos al cuello, enterrando la cara en su hombro para respirar el familiar aroma de su piel, aliviada y feliz.

–Por supuesto que quiero quedarme contigo.

–¿Por supuesto? –repitió Bastien–. Te chantajeé para llevarte a mi cama y para que te casaras conmigo, presionándote de todas las formas posibles.

Lilah lo miró en silencio durante unos segundos.

–Sé que eres imperfecto y que has hecho cosas censurables. Sé que me has manipulado, pero... te quiero. No debería, pero no puedo evitarlo.

Bastien tuvo que tragar saliva.

–No merezco tu amor.

–No, es verdad –asintió ella–. Pero parece que lo tienes de todos modos.

–Lo cual es una suerte porque no voy a volverme perfecto de repente y tal vez sea mejor que conozcas mis defectos... así sabes lo que te llevas –Bastien tomó sus manos, apretándolas con fuerza mientras la miraba a los ojos–. Pero yo también te quiero. Te quiero tanto... jamás pensé que algún día podría amar así a alguien. En resumen, estoy absolutamente loco por ti, tan loco que pensé que era normal estar dos años haciendo planes para comprar la empresa de tu padre y tener poder sobre ti. Ahora me avergüenzo...

Lilah parpadeó rápidamente.

–¿Estás loco por mí?

Bastien levantó una de sus manos para llevársela a los labios.

–No puedo vivir sin ti –le confesó–. Da igual que estés embarazada o no, o incluso que nunca puedas quedarte embarazada. Solo te quiero a ti en mi vida, te necesito.

–¿Aunque me meto en cosas que no son asunto mío? –susurró Lilah, incapaz de creer lo que estaba escuchando.

–Tú eres así, te interesas por mi vida, intentas ayudarme –reconoció Bastien–. Nadie ha intentado defenderme o intentar protegerme como tú has hecho hoy. Y cuando pensé en eso... ese fue el momento crucial, Delilah. Entonces por fin entendí cuánto te quiero y por qué.

Lilah se quedó sorprendida.

–¿De verdad?

–Seguramente he estado enamorado de ti desde el día que te conocí, o desde el día que me diste con la puerta en las narices hace dos años –Bastien hizo una mueca–. Desde luego, he estado obsesionado contigo desde entonces.

–¿Obsesionado mientras te acostabas con otras mujeres? –le recordó ella.

–Pero no podía soportarlas durante más de cinco minutos. No me culpes por eso cuando tú no me diste una oportunidad.

Los ojos de Lilah se llenaron de lágrimas.

–Entonces no fui lo bastante valiente como para soñar que podría ser algo más que un interés pasajero para ti.

Bastien puso cara de pena.

–En cuanto te tuve en mi vida todo cambió, *hara mou*. Tú me haces sentir... y cuando no estás cerca me siento como muerto, como si no hubiese nada importante, nada que me haga levantarme de la cama por las mañanas.

Una lágrima rodó por la mejilla de Lilah.

–Ay, Bastien... me estás haciendo llorar. Te quiero tanto, pero me da pánico que un día despiertes y te sientas atrapado.

–Todas las mujeres antes de ti me han hecho sentir aburrido o atrapado. Contigo es todo lo contrario.

Con un brillo de amor en sus ojos dorados, Bastien se inclinó para reclamar un beso lento, profundo, que decía todo lo que no podía expresar con palabras. Delilah era la mujer que no sabía estuviera buscando, esperando. Su imagen había estado grabada en su cerebro durante dos largos años, asegurando que ninguna otra mujer pudiese ocupar su sitio.

El beso despertó el deseo de Lilah, enviando un escalofrío de placer a su pelvis...

El sonido de un timbre no podría haber sido menos bienvenido.

Bastien masculló una palabrota.

–Será mejor que vaya a ver quién es... no te levantes.

Pero Lilah se levantó de la cama en cuanto él salió de la habitación para tomar su bolso de la mesa del pasillo donde lo había dejado. Cuando pasó frente al salón vio que la visita era Leo.

Bastien frunció el ceño al ver que había saltado de la cama sin su permiso, pero Lilah sonrió valientemente.

–Voy a tumbarme un rato.

Una vez en el cuarto de baño sacó la prueba de embarazo que había comprado días antes. Tenía que saber la respuesta de una vez. Si no hubiera tenido tanto miedo de que un resultado negativo dañase su relación se la habría hecho antes, pero las palabras de

Bastien habían borrado esa preocupación. Además, el desmayo había provocado serias sospechas porque ella no se había desmayado en toda su vida.

Los minutos que tuvo que esperar para ver el resultado de la prueba le parecieron insoportablemente largos, pero cuando por fin vio el puntito rosa abrió la puerta del baño y se puso a gritar:

–¡Bastien, Bastien! ¡Estamos embarazados!

Lilah se puso colorada al percatarse de la presencia de Leo. Tan emocionada estaba que había olvidado la visita.

Leo se quedó tan sorprendido por el anuncio que, esbozando una sonrisa, le dio a su hermano un masculino puñetazo en el hombro antes de despedirse con un gesto.

–¿Embarazada? –repitió Bastien, inseguro–. Pero tú estabas convencida de que no podía ser.

–Los síntomas eran engañosos –respondió Lilah–. ¿Y bien? No dices nada... ¿Qué te parece? ¿Qué piensas?

–Estoy sorprendido. Soy marido y ahora voy a ser padre... –Bastien esbozó una brillante sonrisa mientras se acercaba a ella–. No podría ser más feliz.

–¿Aunque no es lo que tú habías esperado?

–Nunca prometí dejarte ir y créeme, Delilah, no pienso hacerlo –le advirtió Bastien–. Eres mi mujer y vas a tener un hijo mío. Nunca dejaré que os alejéis de mí.

–No querríamos estar sin ti –Lilah se puso de puntillas para echarle los brazos al cuello–. Te quiero tanto, cariño.

Bastien la miraba con una expresión de inmensa felicidad.

–Lo sé, pero no entiendo por qué.

–Porque eres adorable –bromeó ella.

Bastien seguía atónito, pero decidió que era absurdo cuestionar un milagro. Lo había hecho todo mal, pero Lilah lo había perdonado. Le importaba de verdad, lo amaba. ¿Cuándo lo había querido alguien de verdad?

Con los ojos sospechosamente brillantes, tomó en brazos a su mujer para dejarla suavemente sobre la cama.

–Necesitas descansar –dijo con convicción.

–No, te necesito a ti –repicó ella, tirando de su mano.

–Si me tumbo en la cama contigo...

–¿Crees que no lo sé? Estoy poniéndote una alfombra roja.

–En ese caso... –con una sonrisa de lobo, Bastien se quitó la chaqueta–. Tus deseos son órdenes para mí.

–¿Desde cuándo? –bromeó ella.

–Desde que has dicho que me quieres.

–Pues te quiero... –Lilah suspiró, respirando su aroma como una adicta.

Bastien apartó el pelo de su cara, mirándola con los ojos brillantes.

–Te quiero de verdad, Delilah.

Cuando buscó sus labios en un beso apasionado, Lilah experimentó un deseo tan potente como la felicidad que apenas era capaz de contener. La promesa de un futuro con Bastien, con quien estaba a punto de formar una familia, era el milagro que había soñado siempre.

Epílogo

Tres años después

Lilah pasó una mano por su vestido estampado, admirando el anillo *Eternity* de zafiro y diamantes que Bastien le había regalado para celebrar el nacimiento de su hijo. Nikos era un niño alegre con el pelo negro y los brillantes ojos azules de su madre. También era un niño muy afectuoso que disfrutaba de las atenciones de su padre, decidido a darle una infancia segura y llena de cariño.

Tantas cosas habían cambiado en los últimos tres años. Vivían en Londres, pero siempre que necesitaban relajarse iban al *château* en la Provenza. La gran casa era el sitio perfecto para las reuniones familiares y el padre de Lilah, su madrastra y sus hermanos iban muy a menudo. Robert Moore seguía siendo el gerente de Repuestos Moore, que estaba creciendo y ampliándose para poder atender a los nuevos clientes.

Unas semanas después del infarto de Anatole, Bastien y Lilah habían celebrado una segunda boda en la Provenza, una ceremonia religiosa a la que acudió toda la familia, seguida de un alegre banquete en el *château*.

A partir de ese momento, Lilah había trabajado como ayudante de Bastien porque de ese modo podían estar más tiempo juntos, particularmente cuando él tenía que viajar. Desde el nacimiento de su hijo, sin embargo, Bastien había hecho todo lo posible para viajar menos y pasar más tiempo con su familia.

Grace y Leo se habían convertido en visitas frecuentes. Tardaron algún tiempo, pero Leo y Bastien por fin habían hecho las paces. Marina le había contado a Leo la verdad sobre la interrupción de su embarazo y, el mismo día que Lilah descubrió que estaba embarazada, él había ido a ver a Bastien para solucionar sus diferencias.

Animadas por Grace y Lilah, que se llevaban de maravilla, las dos familias disfrutaban de las vacaciones en el yate de Leo y en el *château*.

Anatole, que había perdido mucho peso para mejorar su salud después del infarto, adoraba a sus nietos y los visitaba a menudo en Londres y la Provenza. Y aunque su mujer, Cleta, casi nunca lo acompañaba en esas visitas, la alegría del hombre al ver a sus hijos tratarse por fin como hermanos había tocado el corazón de Lilah.

—Siento llegar tarde —se disculpó Bastien desde la puerta, quitándose la camisa para darse una ducha—. Nikos y Skippy me han pillado en el camino y he estado jugando un rato a la pelota. Aunque, según Rosie, dar patadas a una pelota es «una cosa tonta de chicos».

Lilah rio porque la hija de Grace era extremadamente inteligente para su edad y a menudo divertía a los adultos con sus ocurrencias.

–Feliz cumpleaños –dijo en voz baja, acercándose para abrazarlo–. ¿Te apetece tener compañía en la ducha?

–¿Es mi regalo de cumpleaños? –bromeó él.

Lilah se quitó el vestido.

–No, es una sorpresa. Llevas tres días fuera y te he echado de menos.

–Yo también –confesó Bastien, envolviéndola en sus brazos–. Te vas a mojar el pelo.

–No me importa.

Era cierto. El aspecto físico era irrelevante cuando se trataba de estar con Bastien.

–Le he dicho a Leo que tardaría un rato –le confesó él.

–Creías tener posibilidades, ¿eh?

–Siempre, *hara mou* –susurró Bastien, quitándose la ropa sin soltar a su mujer.

La pasión no había disminuido en ese tiempo, al contrario, y se entregaron el uno al otro. Después, abrazados, se susurraron cosas al oído mientras disfrutaban estando juntos de nuevo.

–Te quiero –Lilah suspiró.

–Yo te quiero más –murmuró Bastien, siempre tan competitivo.

Acepte 2 de nuestras mejores novelas de amor GRATIS

¡Y reciba un regalo sorpresa!

Oferta especial de tiempo limitado

Rellene el cupón y envíelo a
Harlequin Reader Service®
3010 Walden Ave.
P.O. Box 1867
Buffalo, N.Y. 14240-1867

¡Sí! Por favor, envíenme 2 novelas de amor de Harlequin (1 Bianca® y 1 Deseo®) gratis, más el regalo sorpresa. Luego remítanme 4 novelas nuevas todos los meses, las cuales recibiré mucho antes de que aparezcan en librerías, y factúrenme al bajo precio de $3,24 cada una, más $0,25 por envío e impuesto de ventas, si corresponde*. Este es el precio total, y es un ahorro de casi el 20% sobre el precio de portada. !Una oferta excelente! Entiendo que el hecho de aceptar estos libros y el regalo no me obliga en forma alguna a la compra de libros adicionales. Y también que puedo devolver cualquier envío y cancelar en cualquier momento. Aún si decido no comprar ningún otro libro de Harlequin, los 2 libros gratis y el regalo sorpresa son míos para siempre.

416 LBN DU7N

Nombre y apellido	(Por favor, letra de molde)
Dirección	Apartamento No.
Ciudad	Estado Zona postal

Esta oferta se limita a un pedido por hogar y no está disponible para los subscriptores actuales de Deseo® y Bianca®.
*Los términos y precios quedan sujetos a cambios sin aviso previo.
Impuestos de ventas aplican en N.Y.

SPN-03   ©2003 Harlequin Enterprises Limited